열여섯
우리들의 선거

킨디리

| 차례 |

도무지 아무것도·····8

정치 동아리 '웃는광장'·····17

엄마와 딸·····33

관심과 반려 식물·····48

차가운 거짓말쟁이·····59

해나의 비밀 정원·····69

주리나의 정치 썰, 썰, 썰·····78

낫 투 영 투 런·····92

말 달리자·····110

진실·····128

열여섯 우리들의 선거·····138

작가의 말·····146

도무지 아무것도

텅 빈 교실, 담임은 꽤나 상냥한 표정으로 나에게 말했다.

"요즘 가장 고민되는 일이 뭐지?"

"없어요."

담임의 푸석한 피부가 교실 창으로 들어오는 햇빛을 통해 도드라져 보였다. 웨하스처럼 얇고 각질이 잘 일어날 것 같은 건조한 피부다.

"공부는 잘되고 있지? 지난주에 학습 레벨을 조금 올려 놨어. 뭔가 활동 기록이 필요한데."

담임은 나를 위해 뭔가를 계획해 놓았다는 자신감을 은근히 내비쳤다.

"이번에 학생 자치회 활동을 해 보는 건 어때?"

"별로 하고 싶지 않아요."

"하고 싶지 않다니? 선생님 계획이 뭔지 들어 보지도 않고 무조건 거절하는 건 좀 실망인데?"

"어느 고등학교를 갈지 아직 결정도 안 했고요."

사실 나는 대학에 큰 미련이 없다. 무료 온라인 강좌들도 많고, 전 세계적인 고릴라 플랫폼으로 누구나 양질의 교육을 받을 수 있기 때문이다.

"왜 이렇게 의욕이 없어? 혹시 아버지 때문이니?"

나는 애써 표정을 감추었다. 1년 전 아빠가 갑자기 돌아가신 후 계속 우울감에 휩싸여 있다. 아빠는 나의 가장 가까운 친구이자 인생 선배였으니까. 아무런 준비 없이 사랑하는 누군가를 잃는 것은 견디기 힘든 일이다.

담임이 나의 표정을 살피듯 지그시 바라봤다. 나는 담임의 눈길이 최소한 거짓은 아니라는 느낌을 받았다. 그래서 담임의 마음을 조금 받아 두기로 했다.

"너……."

담임이 중요한 얘기를 꺼내기로 마음먹은 듯 잠시 말을 끊었다.

"VR을 통해 아빠를 만나 대화를 나누고 감정을 교류해 보면 어떻겠니? 나는 네가 심리 치료가 필요하다고 생각하거든. 그건 선생님이 얼마든지 알아봐 줄 수 있어."

담임은 교사로서 학생을 위한 일을 하고 있음을 드러내려는 듯 보였다. 하긴 이런 '쓸모 있는 일'을 생각해 내기까지 꽤 고민했을 것이다. 그러나 나는 고개를 가로저었다.

"쓸데없이 감정을 소모하고 싶지 않아요. 그래 봤자 죽은 아빠가 돌아오는 것도 아니잖아요. 엄밀히 말해 VR 같은 거 거짓이잖아요."

"심리 치료 효과가 있다잖니. 학교에서 많이 신경 쓴 거야."

나는 담임의 계속되는 권유에 짜증이 나려 했다.

"예빈아, 어차피 우리 눈에 보이는 것이 대부분 허상이야. 너의 학습을 담당하는 AI 담임 역시 허상이잖아."

담임은 무엇을 이야기하려는 걸까.

'나는 너와 인간적 감정을 나눌 수 있는 진짜 사람이라는 걸 기억하렴!'

이런 이야기를 하고 싶은 걸까.

"단지 심리 치료를 위해 거짓 아빠를 만나고 싶지 않아요."

"그게 왜 거짓 아빠야? 너 생각해 봐. VR을 통해 만나는 아빠는 아빠에 관한 모든 데이터를 바탕으로 만들어져. 분명히 너의 상실감을 채워 줄 거야."

"제가 심리 치료를 받아야 할 정도의 신경증이 있다고 생각하진 않아요."

"아, 그런 뜻은 아니었어. 치료라는 말이 좀 거슬렸구나."

'선생님은 사랑하는 누군가를 잃어 본 적 있어요?'

나는 질문을 던지려다 속으로 말을 삼키고 재빨리 다른 이야기를 꺼냈다.

"학생 자치회에 참여할게요. 어떤 활동을 하면 좋을지 생각도 해 볼게요."

나는 일부러 얼굴 표정을 조금 누그러뜨렸다. 나름 열심히 노력하는 담임을 위한 배려였다.

"그래. 이번에 희성이의 코딩 기술을 이용해 너희들의 진로와 맞는 활동을 계획해 봤어. 5개 부스에서 재미있는 체험 프로그램을 운영하고, 수익금을 그린 도시나 그린피스에 기부하려고 해. 사회적으로도 의미 있는 활동이 될 거야. 그러 니까 너도……."

지난번 수업 때 반 아이들은 각자 관심 있는 분야에 대한 아이디어를 내고 코딩과 연계해 보기로 했다. 담임은 전교 생을 대상으로 체험 프로그램을 진행해서 공익 단체 기금을 마련하자는 의견을 낸 것이다.

"그러니까 너도 아이디어를 내 봐. 예빈이가 어떤 쪽에 관 심이 있는지 선생님은 잘 모르니까."

담임이 나를 향해 살짝 미소 지었다. 포니테일 스타일로 질 끈 묶은 머리, 트러블이 난 피부, 그다지 신경 쓰지 않은 옷 차림. 아이들에게 크게 호감을 얻지 못하는 인상이지만 눈 빛에서 가끔 진심이 보여 나는 담임을 싫어하지는 않았다.

"저도 잘 몰라요."

사실 나는 무엇을 해야 할지 생각해 본 적 없다. 어떤 고등 학교에 갈지도 결정하지 않았다. 고등부들도 함께하는 동아 리 활동을 통해 가끔 선배들을 엿보긴 하지만, 진로와 연결 시키지는 않았다.

제법 똑똑하다는 소리를 듣는 마이스터고의 어떤 선배는 애

니메이션 캐릭터에 관심이 많아 빅데이터를 이용해 '캐릭터 머천다이징 디렉터'를 하겠다는 계획을 세웠다고 했다. 또 일반고에 다니는 선배 하나는 같이 작업할 사람을 오디션으로 모집해서 드라마 작가 팀을 만들기도 했다. 몇 년 전까지 K-드라마가 전 세계적으로 인기를 끌었는데, 요즘은 웹툰과 웹소설 분야에서 십 대 작가들의 베스트셀러가 심상치 않은 기류로 작용한다. 방송이나 영화 쪽에서도 십 대 작가들이 팀이 되어 함께 작업한 스토리텔링이 큰 호응을 일으키고 있다.

그런 선배들에 비하면 나는 도무지 관심 있는 것도, 잘하는 것도 없는 것 같아 점점 삶에 의욕이 없어진다. 하지만 친구들 중에는 나 같은 아이들도 많기에 심각하다고 생각하지는 않는다.

담임은 이런 나의 마음을 읽었는지 서둘러 이야기를 마무리했다.

"우리 함께 고민해 보자."

"네."

공손한 대답으로 마무리하자 담임은 학생 한 명의 고민을 해결했다는 안위의 표정을 지었다.

교실을 나서며 나는 담임이 얼마나 골치 아플까 생각했다. 개성 강하고 자기 주장이 강한 십 대들과 매사 호흡을 맞추는 일은 쉽지 않을 것이다. 때로는 조심스럽게 다가가며 인내해야 한다는 사실이 교사를 더욱 힘들게 하는 게 아닐까 생각했다.

진로 상담을 마치고 나는 이수해야 할 학점 때문에 용마루 강의실로 들어갔다.

그때 누군가 내 등짝을 '딱' 때렸다. 노미란이었다. 미란이 곁에는 늘 그렇듯이 남자친구 엄기웅이 있었다.

"예빈, 같이 가자. 나 너한테 할 얘기 있어."

"뭔데?"

"우리 동아리에 함께 가는 게 어때?"

"지금 하고 있는 봉사 동아리도 잘 안 나가는데……."

나는 마뜩찮아 말을 흐렸다.

"우리 동아리는 다른 학교 선배들까지 참여하는 연합 동아리야. 정치 동아리."

"정치라고?"

나는 정치라는 생소한 낱말을 곱씹으며 되물었다. 미란이는 십 대들도 정치에 관심을 갖자며 고등부 선배들이 야심차게 만든 동아리에 가입했다고 했다.

"방혁 오빠랑 리나 언니가 너 꼭 데리고 오라고 했어."

그 말에 나는 깜짝 놀랐다. 방혁과 주리나는 고등부 선배지만 우리 중등부에서도 모르는 아이들이 없을 정도로 유명하다. 그런 유명 인사들이 나 같은 은둔자에게 관심을 갖다니.

정치 동아리는 고등부 학생 휴게실에서 모인다고 했다. 우리 학교는 중등부와 고등부 건물이 나란히 이어져 있어 학생들이 자유롭게 오간다.

미란이가 내 팔짱을 끼며 코맹맹이 소리를 냈다.

"제발. 응? 함께 가자."

나는 미란이 팔짱에 끌려 "알았어."라고 대답하고 말았다.

"리나 언니랑 방혁 오빠가 이 동아리의 핵심 인물이야."

나도 언뜻 들은 적이 있다.

"여러 학교가 모인 연합 동아리인데 회장과 부회장을 우리 선배들이 휩쓴 거 보면 대단하지 않아? 진짜 인기 많다니까."

계속 종알대는 미란이 말을 듣는 둥 마는 둥 흘려보내자 미란이가 내 귀에 대고 속삭였다.

"거기 가면 멋진 오빠들 많아. 호호."

기웅이가 그 소리를 엿듣고 삐친 투로 말했다.

"뭐야? 동아리에 가는 목적이 멋진 오빠들 때문이었어?"

노미란과 엄기웅은 닭살 커플이다. 노미란의 '노'와 엄기웅의 '엄'을 합쳐 '놈닭살' 커플로 불린다. 두 사람은 항상 둘만의 세상에서 풍선처럼 둥둥 떠 있다. 손을 떼어 놓으면 안 될 것처럼 다섯 손가락을 빈틈없이 끼우고 있다.

나는 둘의 깍지 낀 손을 보면서 야릇한 전율을 느낀다. 완전체, 합일. 연애해 보고 싶다는 느낌. 누군가 곁에 있으면 좋겠다는 느낌. 서로의 피부가 닿는다는 친밀감 그 이상의 묘한 감정.

나는 미란이에게 끌려가듯 고등부 학생 휴게실로 갔다.

정치 동아리 '웃는광장'

고등부 학생 휴게실 분위기는 상당히 편안했다. 가운데에 둥그런 테이블과 부드러운 곡선의 긴 소파가 있고, 그 주변에는 의자들이 자유롭게 놓여 있었다. 무료 음료 자판기도 있었다.

쭈뼛거리며 미란이를 따라 안으로 들어가자, 브리지 염색을 한 것처럼 군데군데 빨간 머리카락이 보이는 주리나가 우리를 반겼다. 그의 뽀얀 얼굴과 가닥가닥 빨갛게 물들인 머리가 강렬하게 다가왔다.

"오, 어서 와. 예빈이. 잘 왔어!"

긴 소파에 몸을 깊숙이 묻은 채, 긴 다리를 꼬고 앉아 있던 방혁도 우리를 보더니 몸을 일으켰다. 미란이는 나를 데려온 것을 자랑스럽게 떠들었다.

"예빈이, 이런 모임에 진짜 안 나오는 애거든요. 그래도 제 말에는 흔쾌히 따라 주었다니까요."

"아무튼 잘 왔어. 우리 후배들, 환영해!"

주리나가 경쾌한 음성으로 말했다. 동아리 회원들이 하나 둘 모여들기 시작했다. 새로 온 아이들이 서너 명 더 있는 것 같았다. 주리나가 자판기에서 여러 종류의 캔 음료를 뽑아 테이블 위에 놓았다.

"너희들은 아직 선거권이 없지만, 동아리 활동을 하면서 정치에 관심을 갖게 되면 선거권이 주어졌을 때 현명한 판단을 할 수 있어."

주리나의 말에 중등부 아이들이 눈을 반짝이며 고개를 끄덕였다.

"원래 고등학생만 가입할 수 있었는데 이번에 후배들에게도 자격을 준 거야. 동아리가 앞으로 더욱 커질 거야."

나는 주변을 조심스레 살펴보았다. 다 해서 삼십여 명은 족히 되어 보였는데 대부분 고등학생들이었고 중학생은 예닐 곱 명 정도였다. 이들은 무엇이 궁금해서 왔을까.

동아리에 대해 열변을 토하던 주리나가 갑자기 미란이를 가리켰다.

"야, 너희 닭살 커플! 그 손 좀 놓으면 안 될까?"

놈닭살 커플은 그때까지도 손을 꼭 잡고 있었던 거다.

"뭐가 어때서요? 언니도 정말!"

미란이는 보란 듯이 기웅이 어깨에 팔을 걸치고 과하게 친밀함을 드러냈다.

"언니, 요즘 다들 결혼을 안 하려고 해서 우리나라 출산율이 세계 최하위잖아요. 대한민국에서 우리 같은 커플이야말로 나라를 지탱하는 강력한 힘이 되는 거라고요. 닭살 행위를 응원해 줘야 출산 장려가 되는 거잖아요! 호호."

"역시 미란이가 나와야 분위기가 좋아진다니까."

주리나의 추임새에 이어 부회장인 방혁이 동아리 '웃는광장'에 대해 간단히 소개했다.

"우리 청소년들의 생각은 정치에 잘 반영되지 않아. 이제 우리도 적극적으로 나서야 할 때야. '당신이 정치에 무관심하다면 가장 저질스러운 인간의 지배를 받게 될 것이다.'라는 말이 있어. 정말 혹독한 대가지."

방혁의 말에 아이들의 시선이 집중됐다.

"우리가 이렇게 모인 것은 자유롭게 토론하고 정치에 참여하기 위해서야."

그때 다른 중학교 교복을 입은 남자아이가 외쳤다.

"맞아요. 우리도 이제 관심 가져야 해. 80세 대통령이 말이 되냐고!"

그러자 주리나가 맞장구를 쳐 주었다.

"맞아. 늘어나는 노인 인구 때문에 정작 십 대들이 설 자리가 좁아진다니까. 나이가 무슨 벼슬도 아니고. 우리도 프랑스처럼 청년 대통령으로 바뀌어야 해. 젊은 정치를 편다 해도 80세 대통령이 갖는 상징성은 무시할 수 없지."

그러자 방혁이 주리나의 말을 끊고 이목을 집중시켰다.

"잠깐! 나이를 문제 삼는 건 아니라고 생각해. 80세도 아직은 젊어. 100세 시대가 된 요즘만이 아니야. 이미 노장은 죽지 않았다는 것을 보여 준 사례는 많잖아. 앙리 파브르도 85세에 곤충기 10권을 완간했고, 88세에 노벨문학상을 받은 작가도 있어. 100세에 마라톤에 도전하는 노인이 있는가 하면 101세에 미술 전시회를 여는 유명 화가도 있어."

방혁이 아이들을 둘러보며 말했다. 중저음의 목소리는 신뢰를 주는 힘이 있었다. 그러나 주리나는 노인들에게 계속 적대감을 드러냈다. 노년층에 쓰이는 국가 예산 때문에 청년층이 상대적으로 피해를 본다는 논리였다.

내가 알기로 주리나의 할아버지는 상당한 재산가다. 주리나의 동생 주해나가 우리 반이라서 반 아이들은 이들이 얼마나 부유한 환경에서 사는지 잘 알고 있다.

나는 다른 사람들의 시선을 끌까 봐 음료수 캔도 들어올리지 않고 부동자세로 앉아 이야기를 들었다.

방혁은 다시 이야기를 이어 나갔고, 주리나는 방혁을 뚫어지게 쏘아보며 할 말을 쌓아 두고 있는 듯 보였다.

"그동안 대통령 출마 자격을 40세 이상으로 정했던 건 삶의 경험과 연륜을 대통령의 중요한 자질 중 하나로 여겼기 때문이었잖아. 우리들은 이런 인식을 답답해하지 않았나? 나이 제한을 문제 삼던 우리가 노령 대통령을 반대한다면 우리의 주장에 위배되는 거 아닐까?"

그때 루빈이라는 중등부 아이가 말했다.

"형, 아무리 그래도 80세는 너무 고령 아니에요?"

그러자 주리나가 끼어들었다.

"혁이는 매사에 지나치게 이상적이야. 방혁, 솔직히 이제껏 청년이나 청소년들이 정치에서 외면을 당한 건 사실이잖아. 이제 젊은 층에 기회를 많이 줘야 한다는 말이야."

"네, 맞아요. 이번에 청년층 일자리 예산이 삭감된 것도 무시할 수 없는 일이죠."

루빈은 내 또래임에도 정치에 관심이 많은 것 같았다.

"정치 참여 연령에 제한을 두는 것은 젊은 정치를 가로막는 불공정이자 차별이라며 그동안 젊은 세대들이 불만을 갖고 있었잖아. 아래로 열리려면 위로도 열려 있어야 공평한 것 아닐까?"

방혁이 중저음의 호소력 있는 목소리로 말했다. 그러자 주리나의 목소리가 날카로워졌다.

"방혁! 너는 지금 여기에 있을 게 아니라 노인정에 있어야 하는 거 아니니? 게다가 너, MBTI 성격 유형에서 인프피(INFP) 맞지? 객관적 진실이나 이성적 사고는 무시하는 비

논리적인 몽상가 혹은 이상주의자. 현실적 균형감이 너무나
도 모자라는……."

무척 똑똑해 보이는 주리나가 지금은 상대의 성격 유형을
들먹이며 날카롭게 쏘아붙였다. 그러자 방혁도 주리나를 평
가했다.

"나에 대해 함부로 규정짓지 않았으면 좋겠어. 그러는 너야
말로 논리 없이 몰아붙이고 있는 거 아냐? 너는 MBTI 유형
으로 보자면 지독한 현실주의자겠네. 별자리로 따지면 전갈
자리. 남의 말 듣지 않고 자기애 강한 야심가. 안 그래? 인
간이면 가져야 하는 이상적 가치관 따위는 개나 줘 버리는."

방혁 역시 방금 전과 달리 격앙된 목소리였다. 그때 노미란
이 끼어들었다.

"아, 언니 오빠들 진짜 시끄럽네. 말싸움 그만두고 웃어요,
웃어! 웃는광장이잖아요."

"그래. 미란이가 옳은 말 했네. 이제 본론으로 들어가 보자.
우리는 정치를 통해 달라지려고 모인 거잖아. 정치는 곧 생
활이거든."

나는 '정치는 생활'이라는 주리나의 말이 귀에 콕 박혔다.

"정당 가입 연령은 만 16세로 낮아졌고, 만 18세도 공직자가 될 수 있어. 더군다나 이제 총선이 다가오고 있어. 정치권에서도 젊은 정치 바람이 불어서 각 당마다 청소년 대표를 두고 선거에 적극적으로 세우려는 거 잘 알지?"

주리나가 진즉부터 대외 활동을 적극적으로 해 온 것은 아이들 사이에서 이미 다 알려진 일이다.

그때 누군가 주리나에게 질문을 던졌다.

"누나, 정당 활동 하고 있죠? 곧 선거도 다가오는데 이제 어느 당인지 알려 줘요."

그러자 주리나가 망설임 없이 대답했다.

"맞아. 나 정당 활동한 지 2년 넘었어. 미래발전당 지역구 청소년 선거 위원장으로 나갈 거야. 곧 정식으로 발표 나면 너희들이 도와주라."

나는 주리나의 말에 방혁의 얼굴이 굳어지는 것을 보았다. 그때 엄기웅이 일어나 박수를 쳤다.

"헉! 진짜야, 누나? 이제 내 지인 중에도 정치인이 나오는 거야? 완전 찬성이야."

그러자 노미란도 눈이 동그래져 말했다.

"리나 언니! 그러다 시 의원, 도 의원 되고 나중엔 교복 입은 국회의원으로 출마하는 거 아니에요?"

"야, 그게 그렇게 쉽겠니? 하지만 안될 것도 없지 않을까. 호호."

"이참에 아예 국회의원에 나가지 그래요? 그러면 청소년들의 대변인이 되는 거잖아요. 제발 그렇게 되면 좋겠다. 그러면 결혼 가능한 나이 좀 낮춰 줘요."

"너 지금 결혼이라고 했니?"

주리나가 재밌다는 듯이 목을 뒤로 젖히고 웃었다.

"저, 오늘 우리 동아리에 진짜 한 말씀 드리고 싶었어요."

평소에는 기웅이랑 짝지어 다니며 히히덕거리는 게 전부였던 미란이가 동아리에서는 꽤나 진지하게 활동하는 모습을 보여 의외였다. 더구나 이 모임은 정치 동아리가 아닌가.

"우리 청소년들도 부모님 동의 없이 자유롭게 결혼하게 해 주었으면 좋겠어요."

"우와, 웬일이야!"

여기저기서 박수가 터져 나오자 의기양양해진 미란이가 계속 이어 나갔다.

"청소년들의 결혼과 연애에 대해 정치권에서도 활발히 논의되고, 선거 공약도 나오면 좋겠어요."

"너 원래 비혼주의자 아니었어? 지난번에 그렇게 말했던 것 같은데. 연애는 하되 내 사전에 결혼은 없다!"

주리나가 기가 찬다는 듯 웃었다.

"헤헤, 그건 아닌데. 이제 우리의 신체적, 정신적 성숙도는 예전과는 다르잖아요. 아니 어쩌면 아주 오랜 과거로 돌아가는 거지요. 춘향이와 이몽룡을 봐요. 16세에 이미 성숙한 사랑을 했잖아요. 우리도 16세라고요. 도대체 이게 무슨 낭비람! 우린 결혼하고 싶거든요. 법적으로 자유롭게 결혼할 수 있는 나이를 낮춰야 한다고요!"

노미란은 결혼하고 싶어 안달난 아이처럼 떠들었지만 사실 말뿐인 걸 나는 잘 안다. 남들이 보면 미란이와 기웅이는 이미 깊은 사이가 아닐까 생각하겠지만 미란이는 꽤나 독특한 사고를 가진 아이다.

미란이는 가끔 아이들 앞에서 이렇게 떠들곤 했다.

"이제 육체적 사랑의 시대는 종말이 다가오고 있어. 정신적 사랑만으로도 얼마든지 사랑을 유지할 수 있어."

하지만 반 친구들은 육체적 관계가 필요 없다고 떠드는 노미란의 말을 아무도 믿지 않는다.

"오, 노미란이 이런 애였어?"

주리나가 입을 크게 벌린 채 화통하게 웃었다. 미란이가 결혼 연령 이야기를 하자 동아리 모임에 모인 몇몇은 타당한 소리라는 듯 고개를 끄덕였다. 요즘 결혼이라는 제도가 사라질 위기에 처할 정도로 결혼 문제는 심각하다.

"요즘 자유로운 동거도 흔한 시대지만, 나는 결혼 제도는 절대 사라져서는 안 된다고 주장하는 사람 중 하나예요. 올바른 제도는 건강한 사회를 만들어 준다고 생각하거든요. 헤헤."

"그래. 너와 기웅이 결혼할 때 꼭 가서 축하해 주마."

방혁은 미란이의 주장에 자기 의견을 보태 정리했다.

"미란이 말대로 결혼 연령을 법적으로 낮춘다면 십 대 부부들도 탈선 청소년이라는 시각에서 벗어나 맘껏 사랑하고 응원 받으며 시작할 수 있겠지. 하지만 사회적 합의를 거치기까지 많은 토론이 필요해."

주리나도 의견을 보탰다.

"그럼 미란이가 말한 십 대들의 결혼과 연애에 대한 것도 외국의 사례들을 조사해서 다음 번 모임에서 좀 더 진지하게 논의해 보자. 동아리 활동을 통해서 십 대들의 생각을 적극적으로 표현하기로 해."

그러자 모두 좋다며 박수를 쳤다.

이후 대화는 자칫 삼천포로 빠질 듯하면서도 아슬아슬하게 중심을 잡으며 자유롭게 이어졌다.

난상 토론이 신나게 이어지고 난 뒤 방혁이 지금까지의 논의들을 되짚으며 모임을 차분히 정리했다.

"오늘 짧은 시간이었지만 십 대들이 원하는 것들, 필요한 것들을 생각할 수 있어서 정말 좋았어. 특히 미래를 살아야 하는 우리들에게 환경 문제는 빼놓을 수 없지. 청소년의 결혼, 자유로운 등하교 문제도 좋은 주제였던 것 같아."

모임이 마무리될 무렵, 회장인 주리나가 새로 온 회원들을 소개했다. 나는 누군가에게 주목을 받는 것이 싫어 고개를 숙였지만 제일 먼저 내 이름이 불리었다.

"정예빈, 모임에 나온 첫 소감 말해 줄 수 있니?"

갑작스런 질문에 당황스러웠지만 침착하게 말했다.

"사실 억지로 끌려 나왔지만 첫 모임이 나쁘지 않았어요. 그리고…… 아까 리나 언니가 했던 정치는 생활이라는 말, 기억해 두고 싶어요."

나는 간단히 소감을 말한 뒤 자리에 앉았다.

"잘 왔어. 오늘 이 모임에 나온 것만으로 앞으로 네 삶에 변화가 올 거야. 그나저나 예빈이 목소리가 마치 잔물결처럼 부드럽다. 난 저런 분위기 참 좋더라. 멋지지 않니?"

나를 향한 칭찬이 왠지 어색하고 불편했다. 선배들과 휴게실이나 체육관, 혹은 댄스실을 함께 사용해 만날 기회가 자주 있긴 하지만 주리나는 나에 대해 잘 알지 못한다. 그런데 왜 잘 아는 듯이 말하는 걸까.

"맞아. 우리 반에서 제일 분위기 멋진 애가 예빈이라니까. 제일 중요한 존재는 예빈이처럼 그 어디에도 섞이지 않은 채 자신의 존재감을 드러내는 법이지."

존재감을 드러낸다는 미란이의 말이 오히려 반어법으로 들렸다.

'지나치게 예민한 반응이야.'

미란이는 절대 상대를 비꼬는 아이가 아니다. 다만 미란이의 인상평 때문에 아이들의 시선이 나에게 쏠리고 말았다. 다른 학교 아이들도 섞여 있다는 생각에 긴장되고 떨렸다.

특히 원래부터 관심 있던 방혁이 내 매력이라도 찾아내듯 나를 뚫어지게 바라보고 있었다. 놈닭살 커플 기웅이도 새로운 존재를 발견한 듯, 내게 보낸 시선을 거두지 않았다. 엄기웅은 노미란만 바라보는 아이다. 미란이가 늘 '나만 봐.'라는 주문을 걸기 때문이다. 나는 감정을 억누르며 방어 태세에 들어갔다.

나는 사람들의 시선 속에 가만히 숨을 몰아쉬었다. 방혁에게는 왠지 무한한 신뢰를 보내게 된다. 언젠가 내 감정이 궁금해서 AI 앱에 질문을 한 적 있다. AI는 빅 데이터를 기반으로 답변해 주는데 그때는 여자가 남자에게 끌리는 요소 중 가장 큰 것이 바로 '목소리'라고 답했다.

나머지 아이들의 소개가 끝나자 모두 자리에서 우르르 일어섰다. 휴게실을 정리하는데 주리나가 아이들에게 말했다.

"모임 끝나고 피자집 가는 거 알고 있지?"

"당연하죠!"

중등부 애들이 기다렸다는 듯이 대답했다. 먹어도 먹어도 배고픈 우리에게 간식은 중요하다. 그때 방혁이 주리나에게 물었다.

"주리나, 너 미래발전당에서 러브콜 받았다고 했지?"

"혹시 너도?"

주리나 질문에 방혁이 고개를 저었다.

"난 선진녹색당이야. 네가 말한 것처럼 난 이상주의자잖아. 너에 비하면 나는 정당 활동 한 지는 얼마 안 되지만 정치에 일찍부터 뜻이 있었어. 우리 당 지역 청소년 선거 위원장에 나가 보려 해."

"말도 안 돼. 방혁이랑 선거 운동에서 경쟁해야 하다니. 쉽지 않겠는데?"

"나야말로 주리나를 상대하긴 버겁지."

나와 미란이는 복도를 걷다가 힐끗 뒤돌아 두 사람을 보았다. 나는 회의 중에 긴장하던 방혁의 표정을 떠올렸다.

'서로 경쟁자가 되어 선거를 치러야 하기 때문이었구나.'

그때 미란이가 뒤돌아서서 생글생글 웃으며 외쳤다.

"와, 멋지다. 멋져! 리나 언니와 혁이 오빠. 둘의 대결이 정말 기대된다. 우리 선배들은 어느 당에 표를 줄까?"

미란이는 나를 끌고 화장실로 들어가면서 내 어깨에 팔을 둘렀다.

"어때? 모임에 나오길 잘했지?"

나는 대답 대신 희미하게 웃어 주었다.

"피자집 갈 거지?"

"아, 난 집에 일이 있어서."

"뭐야! 그냥 간다니, 정말 서운한데. 진짜 모임은 지금부터 인데 말이야. 멋진 오빠들이랑 썸도 탈 수 있고. 이런 모임의 가장 중요한 시간은 바로 뒤풀이야. 호호."

"미안해. 난 가야 돼."

나는 누군가와 친해지기까지 시간이 필요하다. 미란이는 예상했다는 듯이 나를 놓아주었다.

"그래. 그럼 내일 만나."

우리는 중앙 계단을 함께 내려갔다. 벽면에 20세기식의 아름다운 시적 문구들이 붙어 있었다.

인간은 노력하는 한 방황하기 마련이다.

춤추는 별을 낳으려면 혼돈을 지녀야 한다.

엄마와 딸

두꺼운 암막 커튼 사이로 희미한 빛이 조금 들어왔다. 날이 밝았음을 알아차릴 만큼의 빛이다. 나는 이불을 뒤집어 쓴 채 잠의 여운을 즐겼다.

엄마는 처음부터 이 집을 맘에 들어 하지 않았다. 대도시 한복판에 있는 4층짜리 낡은 건물 맨 꼭대기 층에 자리한, 일명 상가 주택. 집 주변으로 키 큰 건물이 에워싸고 있어 햇빛 한 줌 보는 게 쉽지 않은 곳이다.

아빠는 회사에서 부당 해고를 당했다. 회사에서는 아빠가 회사에 손실을 입혔다며 해고가 합당하다고 주장했지만 아빠는 억울해하며 구제받고자 많은 노력을 했다. 아빠는 해고의 부당함을 알리기 위해 노동위원회 등 여러 기관을 쫓아다니기도 하고 1인 시위도 했다. 결국 법원은 아빠의 손을 들어 줘 아빠는 명예를 회복할 수 있었다. 그러나 회사 복직은 힘들었다. 결국 아빠는 우리가 살던 아파트까지 처분해 사업을 준비하며 다시 일어서려고 했다. 그러던 중 갑작스레 교통사고를 당한 것이다.

아빠에 대한 기억은 내게 고통이다. 아파트를 팔고 이 집으로 왔을 때 이미 엄마는 모든 것을 체념한 상태였고 비관만 가득했다.

"북쪽은 저승 방향이야."

음기 가득한 '저승'이라는 낱말까지 써 가면서도 엄마는 왜 불행을 겪은 이 집을 벗어나려 하지 않는 걸까? 이 집의 가장 큰 장점이라면 투잡을 하는 엄마에게 최상의 교통 여건을 제공해 준다는 사실이다. 텔레마케터 사무실도, 렌털 옷가게도, 모두 집 근처에 있기 때문이다.

나는 엄마를 위해 그나마 동남쪽으로 창이 난 내 방을 엄마에게 양보했다. 대신 엄마가 쓰던 조금은 넓지만 침침한 방

을 내가 썼다. 방을 바꾸자 밤마다 수면제에 의존했던 엄마
는 그나마 잠을 자기 시작했다. 나는 넓어진 방에 만족했다.
방에는 아빠의 체취가 묻은 물건이 곳곳에 아직 남아 있다.
대표적인 것이 암막 커튼에 매달아 둔 드림캐처다.

초등학교 6학년 때 가족들이 함께 태국 여행을 가서 아빠는
드림캐처를 골라 주며 말했다.

"바쁜 엄마 아빠를 대신해 이 흰색 깃털이 우리 예빈이를
지켜 줄 거야."

고대 인디언 부족의 전설에 따르면 '아시비카시'라는 거미
여인이 어린아이들을 일일이 보살필 수 없어 대신 거미 장식
품을 주고 아이들을 지키게 했단다. 나는 아빠가 사 준 드림
캐처를 볼 때마다 혼자 생각에 잠긴다.

'아빠를 잃은 아이는 누가 지켜 줄까. 엄마가 지켜 줄까. 거
미 여인이 지켜 줄까. 아니면 국가가 지켜 줄까.'

방에는 아빠가 어릴 때부터 썼다는 오래된 부엉이 벽시계도
있다. 이 시계는 묘하게 아빠 장례를 마치고 돌아온 뒤부터
작동이 안 된다. 엄마는 이런 일을 불길하게 여기며 고장난
시계를 버리려고 했다. 하지만 내가 고집을 부려 그대로 두

었다.

"아빠는 자기가 옳다고 믿는 것을 포기 안 해. 그건 장점이자 단점이야. 때로는 지는 것이 이기는 것인데 말이야. 그런 지혜로움이 부족했어. 네게도 아빠의 고집스러움이 가끔 보여."

아빠를 닮았다는 고집스러움이란 무엇일까? 나는 부엉이 시계를 멍하니 바라보다가 휴대폰에 도착한 오늘의 타로 운세를 읽어 내려갔다.

서두르지 말고 천천히 나아가세요. 결과보다 과정을 통해 알아 가는 것이 중요하니까요. 오늘의 색깔은 노란색이며 애정 지수는 80입니다. 자신의 변화를 통해 새로운 것에 관심을 가져 보세요.

애정지수? 변화? 관심? 다 말장난처럼 여겨졌다. 나는 지금 아무것도 하고 싶지 않다. 그러나 오늘도 일어나서 하루를 시작해야 한다. 나는 밝은 노랑의 에너지를 끌어모아 자리에서 일어났다.

엄마는 어느 기업의 홍보팀에서 마케터로 일하고 있다. 유연 근무제로 인해 이번 달은 아침 출근이다. 엄마는 거실에서 출근 준비를 하며 휴대폰 어플로 할머니를 지켜보고 있었다. 나도 엄마 곁으로 가 할머니의 굼뜬 모습을 바라보았다. 할머니는 식탁에 앉아 배달된 아침 식사를 하고 있었다.

"요즘 식사를 잘 못 하시는 것 같아."

엄마의 걱정스러운 말투에도 나는 시큰둥한 표정을 지었다. 솔직히 요즘 할머니에 대한 관심이 사라졌다. 그 시점은 명확하다. 할머니가 나를 알아보지 못하게 된 때부터다. 할머니는 말도 어눌해지고 생각도 점점 오락가락해졌다. 살아 있지만 살아 있다고 할 수 없는, 도무지 생명력이라고는 느껴지지 않는 시든 꽃을 보는 느낌이다. 어쩌다 한 번씩 정확히 내 이름을 부를 때도 있지만 대부분은 감정 없는 눈으로 나를 바라본다.

"할머니, 나 누구야? 말해 봐. 나 누구지? 할머니가 제일 예뻐했잖아."

할머니의 기억을 찾아 주기 위해 노력해도 할머니의 인지 능력은 서서히 떨어졌다. 기껏 이런저런 이야기를 하고 나면 돌아오는 대답은 "누구슈?"였다.

나는 병 중에 가장 슬픈 병이 치매라고 생각했다. 자신을 잃어버리고 가족을 잃어버리고 추억과 행복이 담긴 삶의 여정을 송두리째 잃어버리니까.

백 세 시대가 열리고 혼자 사는 노인이 늘어나면서 국가에서 노인 돌봄 서비스를 제공하고 있으나 엄마는 완전히 할머니에게서 손을 떼지는 못했다. 하루를 할머니의 상태를 확인하는 일로 시작하고, 돌봄 로봇 다솜이에게 틈틈이 전화를 하기도 한다. 엄마는 할머니를 요양원에 보내고 싶어 하지만 대기자가 많아 5년이나 기다려야 한단다.

"부모를 돌보는 것도 우리 세대가 마지막일 거야. 나도 완전한 돌봄이라고 할 수는 없지만 그래도 신경은 쓰고 사니까."

엄마는 셀프 부양 시대를 준비하는 것 같다. 하지만 힘에 부치는지, 늘 녹록지 않은 현실을 비관했다.

'저런 애잔한 모녀지간을 주리나가 본다면 어떤 독설을 뿜어낼까?'

나는 문득 주리나의 집안 풍경과 돈 많은 할아버지를 대하는 주리나의 말투나 생각, 표정이 궁금해졌다.

할머니의 숟가락질은 두세 번 천천히 들어 올려진 것이 전부다. 돌봄 로봇 다솜이는 앵무새처럼 같은 말을 지껄이고 있을 것이다.

'할머니, 식사 끝나셨어요? 맛있게 드셨어요?'

 두어 번 같은 말을 반복한 뒤 다솜이는 할머니에게 혈압 약과 당뇨병 약을 물과 함께 챙겨 드릴 것이다.

 엄마의 휴대폰에 '오전 식후 약 복용 완료'라는 메시지가 떴다. 할머니는 천천히 일어나 텔레비전 앞으로 갔다. 집 안 곳곳에 설치된 카메라가 할머니의 이동을 따라 렌즈를 들이대고 있을 것이다. 다솜이는 친절하게 텔레비전을 켜 드린다. 다솜이는 평소 할머니의 취향을 살펴 자동 입력해 둔 채널을 알아서 틀어 준다.

"저러니까 점점 더 기억을 못 하지."

 엄마 곁에서 잠시 화면을 바라보다 내가 한마디 던졌다.

"어쩔 수 없는 악순환 아니겠니?"

 나는 도무지 이해가 안 간다. 인지 장애로 할머니는 점점 더 굼뜬 노인이 되어 가는데 다솜이는 점점 더 할머니가 아무 일도 할 수 없는 무기력한 사람이 되도록 모든 것을 대신

해 주려고 한다.

"저렇게라도 하지 않으면 안 되잖아."

엄마는 휴대폰 화면을 껐다. 이제 엄마는 출근을 해야 한다. 무소식이 희소식이라고 돌봄 로봇에게 연락이 없으면 특별한 일이 없는 것이다. 엄마는 아무 일 없는 하루에 안도하곤 했다.

"어제 담임 선생님한테 전화 왔었어. 네가 어느 학교를 갈지 아직 결정 못 한 것 같다면서……. 어느 학교를 가든 이런저런 활동은 중요하다니까 열심히 해. 네게 신경 많이 써주시는 것 같던데."

"응. 그렇지 않아도 자치 활동 할 거야. 내 생활기록부에도 뭔가 근사한 한 줄이 들어가야지."

다른 애들에 비하면 내 생활기록부는 텅텅 비어 있을 게 뻔하다. 만일 내가 마이스터고를 선택한다면 생활기록부는 대단히 중요하다.

"작년처럼 학교 수업 빼먹지 말고!"

엄마가 당부했다. 나는 엄마가 건네주는 주스 한 잔과 에너지바를 먹었다. 엄마가 늦게 출근하는 주에는 느긋하게 밥

을 차려 함께 먹는 날도 있지만 오늘 같은 날은 간단히 해결
한다.

"오늘 함께 나갈까? 엄마랑 헤이븐에 갈 시간 되니?"

나는 교복을 챙겨 입었다.

"가자. 우리 딸!"

집 앞으로 이어진 좁고 오래된 골목을 따라 20분 정도 가면
비밀스레 감춰져 있는 작은 카페 '헤이븐'을 만나게 된다.

엄마의 유일한 즐거움은 고단한 하루를 열기 전에, 헤이븐
에서 위스키가 들어간 진한 아이리시 커피 한 잔을 마시는
일이다. 휘핑크림을 얹어 조금은 부드럽고 달콤하긴 하지
만, 엄마가 왜 알코올이 들어간 커피로 아침을 시작하는지
이해가 안 된다. 엄마는 위스키와 커피를 섞어 마신 뒤 자신
의 에너지를 끌어모아 일터로 향하는 것인지도 모르겠다.

햇살 잘 드는 작은 카페에는 직장인으로 보이는 40대 남자
둘이 노트북을 켠 채 차를 마시고 있었다. 엄마는 늘 앉는
자리인 창가 쪽에 나와 나란히 앉았다. 카페 주인인 세나가
미소 지으며 나를 반겨 주었다.

"커피 드릴게요. 따님은 피치레몬 블렌디드죠?"

"네."

나는 얼음 속에 박힌 부드러운 젤리를 찾아내 오물대는 것을 좋아한다. 엄마가 알코올 커피를 즐기는 것처럼 나도 복숭아 맛의 젤리를 입안에서 맘껏 희롱하다 목 안으로 삼킨다. 엄마가 커피 한 잔을 맛있게 마신다.

"엄마는 왜 술이 들어간 커피를 마셔?"

내가 젤리를 삼키며 말했다.

"기운 나니까."

"차라리 밥을 먹지 그래."

내가 엄마를 챙기듯 말했다.

"살짝 알코올이 들어가면 적당히 활발해지는 것 같아. 활력이 좀 생긴다고나 할까."

엄마가 픽 웃었다. 참 싱거운 웃음이다. 나는 엄마에게 매력을 찾아 보려 했지만 별 매력이 없다. 싱거운 사람? 아니 데면데면한 사람? 과자로 치면 참크래커. 빵으로 치면 아무것도 들어가지 않은 바게트나 치아바타. 아빠는 아무 소스도 뿌리지 않은 심심한 야채 샐러드를 맛있다며 즐겨 먹었다. 이런 아빠와 어울리는 사람? 나는 심심한 엄마와 내가 정확히 겹쳐 보여 스스로 매력 없는 존재로 생각되었다.

"그러는 너는 왜 젤리가 들어간 음료를 마시니?"

엄마는 내가 주문하는 음료를 이해하지 못했다. 아침부터 찬 것을 먹으면 몸이 차가워질 텐데 춥지 않느냐는 것이다.

"부드러운 목 넘김이 좋아. 칼로리 보충도 되고."

나도 엄마처럼 대답했다.

"너는 고등학교는 어딜 갈 생각이니?"

"몰라. 생각 중이야. 내가 좋아하는 게 뭔지 모르겠어."

"무엇에 관심 있을까?"

엄마가 매끈한 커피 잔을 내려놓으며 나를 뚫어지게 바라보았다.

"예전에 엄마 꿈이 교사였는데. 엄마가 교사가 됐다면 우리 예빈이 같은 아이를 어떤 눈으로 바라봤을까?"

나는 예전에도 엄마의 꿈이 '교사'였다는 소리를 듣고 경악했던 적이 있다. 엄마와 교사라는 직업은 결코 어울리지 않는다. 아니 엄마같이 딱딱한 머리의 소유자는 도저히 이 일을 해낼 수 없다. 발랄하기 그지없는 아이들의 동반자가 되려면 때로는 만능 엔터테이너가 되어야 하는데 엄마는 오래된 역사 교과서 삽화에나 나올 것 같은 고루하고 생기 없는 사람이다.

엄마는 잠시 고개를 갸웃거리며 나를 바라보았다. 나는 알콩달콩 재미있는 것도 크게 없고, 대충 그저 그렇게 살고 싶다. 나도 나를 모른다. 내 관심 분야도, 내가 잘하는 것도. 그러니 앞으로 내 진로를 어떻게 정해야 할지 모르는 게 당연하다.

"그냥 일반고 가서 고등학교 졸업만 하면 되지 뭐. 엄마는 관심 있는 게 뭔데?"

나도 물었다. 엄마가 무엇에 관심 있는지 나도 잘 모르기 때문이다.

"나야 먹고사는 거지. 미래가 암울하니까. 너 하나 책임질 능력도 안 되고."

"엄마는…… 엄마의 노후가 가장 큰 문제 아니야?"

내 앞에서 자꾸 할머니 이야기를 하는 것은, 결국 본인의 미래에 대한 걱정이 투영된 건 아닐까.

"우리 딸은 남친 없어? 연애도 해 봐야 하는데."

엄마는 이번에도 별 목적 없는 질문을 던졌다. 연애? 남친? 나에게 관심을 표한 남자아이들이 있었던가. 며칠 전 동아리 모임에서 느닷없이 날아왔던 방혁과 엄기웅의 시선에 화들짝 놀라지 않았던가.

연애, 사랑마저도 특정 아이들에게만 해당되는 것 같다. 나는 뭐 하나 없는 무소유의 아이다.

카페에서의 시간은 늘 길지 않다. 하루하루 먹고살아야 하는 엄마는 짧은 30분을 세 시간의 여유를 누린 듯한 만족감으로 대체하며 일어선다.

헤이븐은 골목 끝에 있는 작은 카페지만 골목을 나오면 곧바로 사방으로 뻗은 8차선의 교차로가 나온다. 교차로 중앙에 있는 전광판은 짧은 뉴스를 보내거나 광고판 역할을 하는데, 정치 동아리 모임에 다녀온 덕분인지 이전에는 전혀 관심 없었던 정치 뉴스가 눈에 들어왔다.

오늘도 뉴스 화면에는 80세 대통령의 모습이 보였다. 이제 곧 다가올 선거를 앞두고 청년 정치에 대한 관심과 열기가 뜨거워지고 있다고 했다. 대통령은 고물가 시대에 민생 정책에 대한 예산 증액안을 국회에서 빨리 통과시켜 달라고 읍

소하고 있었다.

"노년층 일자리 예산은 삭감됐다던데? 도무지 정치인 말은 믿을 수가 없어."

신호를 기다리면서 엄마가 혼잣말처럼 떠들었다. 며칠 전 웃는광장 모임에서 루빈이라는 아이는 '청년 일자리 예산이 삭감됐다'며 흥분하지 않았나. 엄마는 반대로 노인 일자리 예산을 이야기했다.

주리나와 방혁의 얼굴이 전광판에 커다랗게 비치는 듯한 착각이 들었다.

'두 사람은 왜 골치 아픈 정치에 관심을 보일까? 왜 선거에 나가려는 걸까?'

'정치는 생활'이라던 주리나의 말이 다시 떠올랐다.

'이제껏 정치가 나에게 무엇을 어떻게 해 주었지?'

나는 반문했다. 하지만 이 생각은 5초를 채 넘기지 못했다.

전광판 뉴스는 몰디브의 해수면 높이가 또 올라갔다는 뉴스로 바뀌어 있었다. 기후 변화로 인한 해수면 상승으로 섬나라 몰디브가 몇 년 뒤에는 수몰될지도 모른다고 했다. 그때 뒤에서 떠드는 소리가 들려왔다.

"정말? 말도 안 돼. 신혼여행 가야 하는데."

"야, 그게 문제가 아니라 해수면 상승으로 기후 난민, 환경 난민이 생기니까 문제지. 이제 전쟁 난민이 아닌 생태학적 난민의 시대가 된 거라고."

나는 슬쩍 뒤돌아보았다. 오버핏의 재킷을 편안하게 걸친 커리어우먼 느낌의 젊은 여성 둘이 나누는 대화였다.

몰디브라면 지구상에서 가장 아름다운 푸른 산호섬 아닌가. 천 개가 넘는 섬들이 바다와 조화를 이루며 완벽함을 뽐내는 환상적인 공간. 기후 위기는 전 세계적인 관심사다. 주리나가 후배들을 이끌고 매주 금요일마다 관련 기관을 방문해 환경에 관한 발언을 한다던 게 떠올랐다.

이어 신호는 파란불로 바뀌었다. 엄마와 나는 8차선의 사거리를 말없이 건넜다. 횡단보도를 건너면 엄마와 나는 갈라져 걷는다. 모든 사람이 바쁘게 움직이고 있지만 나는 결코 바쁘지 않았다.

관심과 반려 식물

정규 수업을 마친 뒤, 나는 학생 자치회 교실로 갔다. 오늘은 자치 활동을 신청한 아이들이 모이는 날이다. 교실로 들어서니 오랜만에 주해나의 모습이 보였다. 주해나는 언니 주리나와는 많이 다르다. 주장 강한 주리나와 달리 해나는 덤덤하며 무색무취 타입이다. 때로는 그런 모습이 더 반항적으로 보인다. 해나는 툭하면 학교를 빠진다. 학교를 안 나와도 크게 상관없다는 식이다.

'돈이 많아서일까?'

순간 나는 모든 일을 돈과 연결 짓는 습관이 내게 있음을 깨달았다.

 나는 주해나의 손목 안쪽에 새겨진 바다 생물처럼 보이는 그림을 가만히 바라보았다. 해마 같았다. 해나는 천연염료로 타투를 새기고 다녔다. 까맣고 윤기나는 단발머리를 한 해나와 그 타투는 잘 어울렸고 무척 독특하게 느껴졌다. 내 시선을 느꼈는지 해나가 고개를 돌려 나를 뚫어지게 바라보았다. 나는 재빨리 얼굴을 돌렸다.

 자치 활동을 위해 모인 아이들은 고작 열 명 남짓이었다. 아이들이 다 모이자 코딩을 맡은 희성이가 논의를 이끌어 갔다. 별명이 '공대 오빠'인 희성이는 자기가 좋아하는 분야에만 몰두하고 다른 일엔 신경을 안 쓰는 아이다.

"뭐 할 건지 전체적으로 콘셉트를 잡아 봐. 코딩을 활용할 거면 내가 도와줄게."

 그때 태수가 교실로 들어왔다. 우리 반의 몸짱, 매우 인위적인 구레나룻이 돋보이는 아이. 키는 작지만 다부진 몸매의 태수가 해나를 보자마자 표정이 환해졌다.

"오우, 해나도 자치 활동 하네. 근데 다들 내가 등장해서 놀란 표정이다? 흐흐."

태수도 학교 생활에서 겉돌기는 마찬가지인 아이다. 웬일로 자치 활동을 하겠다고 하니 아이들이 놀라는 게 당연하다. 태수와 항상 말싸움하는 노미란이 어쩐 일로 생글거리며 태수를 반겼다.

"잘 왔어. 함께하면 더 좋지."

희성이가 다시 자치 활동 이야기를 이어 나갔다.

"대주제를 정해야 하는데 한 사람씩 의견을 말해 봐."

나는 아이들을 물끄러미 바라보다가 8차선 교차로에서 들었던 낯선 이들의 목소리를 떠올렸다. 의견을 말해야 한다면 기후 변화에 대해 말해야겠다고 생각했다.

그때 주해나가 먼저 입을 열었다.

"전체적인 테마는 환경으로 하면 어떨까? 그리고 각자 자신의 진로와 연결해 보면 되잖아."

주해나의 의견이 나오자마자 태수가 "나이스!"를 외쳤다.

"그럼 전체 테마는 환경으로 하기로 하고, 자신이 정한 소재들을 말해 봐. 좋은 의견들로 채워진다면 부스를 늘리는 게 불가능하지는 않을 것 같아."

담임은 다섯 개의 부스를 설치해 주겠다고 했지만 학생 활동에 관한 요구는 되도록 들어주는 편이었다.

"나는 사이트를 만들어서 너희들이 계획한 것을 올릴게. 또 행사 홍보를 맡을 사람을 몇 명 뽑아 두면 좋을 것 같아."

그 말에 몇몇 아이들이 자진해서 손을 들었다.

"공대 오빠가 있어서 참 든든해."

미란이가 분위기를 띄우며 희성이를 칭찬했다. 이번에도 해나가 제일 먼저 자기 의견을 꺼냈다.

"나는 식물 테스트 할 거야."

"오우, 굿 아이디어!"

태수가 곧바로 맞장구를 쳤다.

"하태수! 어떤 테스트인지나 알고 '굿 아이디어' 외치는 거니?"

미란이가 톡 쏘아붙였다.

"아 몰라. 뭐 한다잖아. 그런 게 있나 보지."

태수가 얼렁뚱땅 넘겼다. 주해나는 성격처럼 말도 짧고 담백하다.

"이미 내가 운영하는 반려 식물 사이트가 있으니까 특별히 도움이 필요하진 않아."

"오우, 굿 아이디어! 역시 여자 공대생."

태수가 또 적극적으로 호응을 보냈으나, 주해나의 표정에는 아무 변화도 없었다. 오늘따라 기웅이가 조용하다 싶었는데, 마침 손을 번쩍 들며 의자에서 발딱 일어섰다. 그 모습이 초등학생 같아서 나는 몰래 웃음을 삼켰다.

"나도 생각났어."

기웅이 목소리가 유난히 커졌다. 복잡하게 머리 쓰는 것을 싫어하는 기웅이가 과연 어떤 의견을 내놓을지 아이들은 모두 궁금해했다.

"나는 환경에 관한 퀴즈 게임을 할래. 예를 들면 환경권이나 환경보호법을 문제로 내고 공 뽑아서 맞히는 활동? 뭐 그런 거?"

기웅이 의견에 제일 먼저 박수를 친 것은 역시 미란이였다. 놈닭살 커플 아니랄까 봐.

그러자 태수가 태클을 걸었다.

"하하. 기웅이 너 법조인으로 진로 정했냐? 환경법을 알기나 하는 거야?"

그러자 기웅이도 맞섰다.

"내가 아냐? AI가 알려 주지. 나는 사람 모으고 재미있게 진행만 하면 되니까. 퀴즈 내고 시간 내에 못 맞히면 기금을 내게 하는 거지."

노미란은 폐타이어를 활용해 실생활에 필요한 것들로 재탄생될 수 있도록 디자인하는 부스를 운영하겠다고 했다. 미란이는 일반고로 진학해 미대를 가겠다는 포부를 갖고 있다. 나는 그런 미란이가 늘 부러울 뿐이다.

"폐타이어를 이용한 업사이클링 제품을 디자인해 볼까 해. 그동안 폐타이어 업사이클링은 많이 있었지만 더 업그레이드된 방식으로 해 보려고."

"그럼 아이들이 원하는 디자인을 할 수 있도록 네가 아이디어를 몇 개 주면 내가 코딩 기술을 활용해서 사이트에 올려 줄게."

나도 무언가를 해야 했다. 그간 봉사 동아리를 해 왔으니 봉사 쪽과 연결시키면 좋을 것 같았지만 마땅히 연결점은 떠오르지 않았다. 나는 헤이븐 카페 벽면에 있던 초록색의 이끼 액자를 떠올렸다. '스칸디아모스'로 불리는 이끼를 이용해 만든 액자인데 미세먼지를 정화시켜 준다고 했다.

"예빈이는 뭐 할 거야?"

기웅이가 내게 물었다.

"음, 나는 공기 정화 식물을 이용한 체험 활동을 열어 보려고 해. 이끼를 이용해 액자를 만들면서 미세먼지가 심한 기후 환경을 생각하게 하는 거지."

아이들이 좋은 의견이라고 호응해 주었다. 특히 엄기웅이 크게 반응을 해 주었고, 그 바람에 미란이에게 심하게 꼬집혔다.

"봉봉. 죽을래? 고개 돌려! 나만 보라고 했지!"

노미란은 레고 인형의 목을 돌리듯 억지로 기웅이의 얼굴을 자기 쪽으로 되돌려 놓았다.

자치 활동 계획이 거의 끝나 갈 무렵 태수가 해나를 보며 물었다.

"주해나. 너희 언니가 오늘 밤 9시에 개인 방송 한다고 꼭 들어와서 봐 달라던데? 뭐 이벤트 선물도 있다던데 그거 진짜냐?"

"그런가 보지 뭐."

해나가 썩 반갑지 않은 투로 대답했다.

"참여하면 기프티콘 쏘겠다고 했어. 리나 누나는 화끈하다니까."

기웅이가 대신 대답했다. 같은 동아리 회원답게 이미 기웅이는 주리나의 방송 계획에 대해 알고 있는 것 같았다.

"와. 그럼 당연히 콜! 티본 스테이크나 바비큐 폭립 정도 쏘시려나?"

태수 말에 평소 식탐이 많지 않은 희성이도 침을 삼키며 복숭아씨 같은 목울대를 움직거렸다.

"그래도 고기 정도는 쏴 줘야……."

태수가 입맛을 다셨다.

"리나 선배, 정당 활동도 하고 선거에도 나간다던데 선거 앞두고 기프티콘 쏘는 건 선거법에 걸리는 거 아냐?"

누군가의 지적에 노미란이 그 분야의 전문가라도 되는 듯 말했다.

"아직은 아냐. 정치인 신분도 아니고, 잘나가는 개인 유튜버로서 쏘는 거니까. 근데 리나 언니, 우리 지역구 청소년위원장에 나간다던데 그거 사실이니?"

노미란이 콕 집어 묻자 해나가 성의 없이 대답했다.

"아마도……."

"야, 그러다가 너네 언니 진짜 국회의원 나오는 거 아냐? 청소년 선거 위원장을 발판으로 큰 그림을 그리고 있는 거 아니냐고."

주해나는 아무런 대답이 없었다. 그러거나 말거나 미란이는 저 혼자 흥분하여 떠들었다.

"와, 이제 우리 선배 중에 잘하면 청년 국회의원이 나올 수도 있겠네. 얼마 전 국회에서 총선과 지방 선거의 피선거권 연령 기준을 만 25세에서 18세로 낮추는 내용의 공직 선거법 개정안을 의결했거든. 교복 입은 국회의원이 현실이 되는 세상이라니까."

미란이가 정치 동아리 회원답게 똑 부러지게 알려 주었다. 그러자 태수가 눈을 동그랗게 뜨고 놀라워했다.

"와, 노미란이 왜 이렇게 유식해졌냐? 그런 것도 알고."

"이 정도 가지고 뭘. 상식이지. 헤헤."

미란이가 어깨를 한 번 들썩였다. 몇몇 아이들이 선거에 관심을 보이며 저희들끼리 떠들기 시작했다.

"나도 빨리 투표하고 싶다. 선거 연령도 만 16세로 낮춰야 한다니까. 이번에는 청소년 투표율이 좀 달라질 것 같지 않니?"

"전 세계적으로 청소년 정치 바람이 불고 있으니 이번에는 좀 높지 않을까?"

확실히 이전보다 아이들은 정치에 관심을 보였다. 그리고 이런 현상의 중심에 있는 인물이 바로 주리나와 방혁이다.

"그러니까 너희들 정치 동아리에 들으라니까 진짜 말 안 듣네. 예빈이는 들어왔잖아. 이제 어엿한 회원이야."

"진짜?"

태수가 내 얼굴을 빤히 바라보았다. 노미란은 웃는광장의 회장인 주리나의 홍보 위원이라도 된 듯 말을 이어 갔다.

"나는 이미 방송 섬네일 봤어. 벌써 올라와 있더라고. 리나 언니가 꼭 봐 달라니까 너희들 실시간 응원도 많이 보내."

주해나는 자기 언니 일인데도 떨떠름한 표정이었다. 오히려 미란이가 더 열을 냈다. 태수도 주리나를 응원했다.

"아, 좋지! 우리 똑 부러지는 주리나 선배인데 당연히 응원 보내고 기프티콘도 받아야지. 맛있는 음식이 기다리고 있다는데 금상첨화지."

내 주변 아이들 입에서 정치 이야기가 나오자 나는 선거가 다가오고 있음을 피부로 느꼈다. 그동안 정치는 남의 일이었다. 아직 선거권이 없어서 그랬는지도 모른다. 정치는 늘 특별한 사람만 하는 것이고 나와는 상관없다고 여겼다. 당장 정치가 나의 무엇을 어떻게 바꿔 주는지 관심 가져 본 적이 없다. 이제는 뭔가 달라졌다.

 아이들의 자치 활동 회의는 활발한 분위기 속에서 마무리되었다. 나도 처음엔 탐탁지 않았었는데 은근히 활동이 기대되었다. 역시 친구들과의 만남은 나 같은 아이에게도 생생한 기운을 준다. 집에서 기르는 산세베리아가 어느 날 귀퉁이에서 새 줄기를 쑤욱 밀어낸 것과 비슷한 느낌이랄까.

차가운 거짓말쟁이

 자치 활동 회의 후 며칠이 지났다. 학교가 끝나고 나는 혼자 집을 향해 걸었다. 요즘 다니던 학원도 다 그만두고 온라인 강의로 대신하니 집에 있는 시간이 늘었다. 집에 가면 뭐 할지 생각하며 걷다 보니 문득 외롭다는 느낌이 들었다. 도심의 거리를 터벅터벅 걷고 있는데 뒤에서 내 이름을 부르는 소리가 들렸다.

"정예빈!"

깜짝 놀라 뒤돌아보니 주해나였다.

"너도 이쪽으로 다녀? 근처에 살아?"

주해나의 질문에 나는 애매하게 답했다.

"어……."

요즘 학생 수도 줄어들고 온라인 수업이 늘다 보니 집에서 멀리 있는 학교도 얼마든지 선택할 수 있다. 초등학교 때처럼 친구들이 한동네에 모여 사는 일은 이젠 추억이 되었다.

우리는 반 아이들이 어느 동네에 사는지 잘 모른다. 하지만 해나가 어디 사는지는 모두가 알고 있다. 해나는 말만 하면 누구나 다 아는, 도심 한복판에 있는 그 유명한 초고층 타워에 살고 있다.

"너는 집으로 가는 거니?"

적당한 말을 찾던 내가 겨우 꺼낸 말이었다. 무덤덤한 해나와 또 한 명의 무덤덤한 내가 함께 가려니 서로 어색했다. 이럴 때는 무슨 대화를 해야 할까. 잠시 침묵이 흘렀다.

"너 스칸디아모스 키워?"

먼저 대화를 시작한 사람은 주해나였다.

"아니, 어느 카페에서 봤어. 액자로 만들어진 것을."

"나는 네가 이끼 키우는 줄 알았거든."

저번 자치 활동 시간에 내가 말했던 스칸디아모스는 이끼 식물이다.

"해나 너는 이끼에 관심이 많아?"

콧날이 오똑한 해나의 옆얼굴을 바라보며 내가 물었다. 까
맣고 윤기 나는 짧은 단발은 딱 귀밑까지 와 있었다.

"응. 어항에다 이끼 키운 적 있거든. 테라리움 할 때 고사리
랑 이끼가 서로 잘 어울려."

"테라리움에 관심 있어?"

"식물 자체에 관심이 있어. 내가 지난번에 식물 추천 테스
트 하겠다고 했잖아."

"응. 그거 뭔데?"

나도 지난번에 묻고 싶었던 것을 자연스레 물었다.

"식물을 이용한 테스트야. 반려 식물을 추천해 주는 사이
트. 내 손목에 그려진 이것도 식물이야."

주해나가 손목에 그려진 타투를 내밀어 보였다. 해마라고
생각했던 것이 식물이라니.

"정말? 난 바다 생물 해마인 줄 알았는데."

그 말에 주해나가 고운 잇속을 드러내고 웃었다. 해나의 웃
음이 화사했다.

"이거 고사리야!"

"반찬으로 먹는 그 고사리?"

"응. 그러고 보니 고사리가 해마랑도 닮았네. 나는 이 그림을 해마로 생각할 줄은 꿈에도 몰랐거든."

해나는 자신이 직접 만들어서 운영한다는 사이트에 대해 설명하기 시작했다.

"내가 재미로 성격 테스트를 만들었거든. 성격에 맞는 식물을 추천해 주는 사이트인데 은근히 반응이 좋아. 고객이 꽤 많아."

해나는 학교에서는 필요한 말 외에 별로 하지 않는 아이다. 게다가 반항적인 분위기 때문에 쉽게 접근할 수 없었다.

나는 해나와의 대화가 조금씩 흥미로워졌다. 고객이 많다는 건 사이트에서 돈을 벌고 있다는 건가. 그때 해나가 내게 물었다.

"근데 너, 주리나가 하는 동아리 웃는광장에 들어갔다는 거 사실이니?"

나는 주해나가 그것을 묻는 이유가 궁금했다. 자기 언니 일에 늘 떨떠름해하지 않나.

"너는 주리나가 어떤 인간 같아?"

해나의 의도를 알 수 없었다. 어쩌면 해나는 내게 하고 싶은 말이 있는 건지도 모르겠다.

"리나 언니는 항상 후배들의 부러움을 사는 선배잖아. 예쁘고 멋지고 화끈하고 똑똑하고 능력 있고."

나는 평소 느낀 대로 이야기했다.

"그렇지. 똑똑하지. 아주 많이. 그래서 난 걔가 싫어. 너도 걔한테 속지 마."

해나는 주리나에게 언니라는 호칭을 쓰지 않았다. 말투에서 사이가 나쁘다는 것을 알 수 있었다. 내가 분위기가 이상하다고 느낀 것을 눈치챘는지 해나가 말을 돌렸다.

"제주도에 할아버지 별장이 있는데 그곳에서 고사리를 따본 적이 있어. 봄에 막 올라온 고사리를 자세히 보면 얼마나 귀여운지 몰라. 꼭 아기 주먹처럼 생겼거든."

해나는 이렇게 말이 많은 아이였나 싶을 정도로 떠들었다.

"그럼, 해나 네 반려 식물은 고사리야?"

해나는 자신이 좋아하게 된 고사리를 성격 테스트의 하나로 직접 작성했다고 한다. 다양한 식물들의 자료를 찾고 성격을 분석해 나름 재미있는 사이트를 만들게 되었다는 것이다.

"연결된 질문을 따라가면 되는 거야. 예를 들어 당신은 예쁜 얼굴과 귀여운 얼굴 중 어느 것이 더 좋습니까? 하고 물으면 자신이 선택한 답에 따라 성향이 결정되고 마지막에 반려 식물이 추천되는 거지."

"와, 놀랍다. 그런 사이트를 네가 직접 만들었다는 거야?"

"응. 오랜 시간 걸리긴 했지만. 근데 꽤나 성공적이야."

"대단하다. 네가 이런 아이인 걸 몰랐어."

"이걸 단순히 성격 테스트로만 생각해서는 안 돼. 식물을 잘 알아야 하고, 사람과 심리에 대해서도 알아야 하거든. 나는 심리학에 관심이 많아."

나는 해나의 새로운 모습을 알게 되어 놀랐다. 해나는 주리나에 비해 상당히 소박한 편이다. 그리고 보니 이런 소박함과 더불어 해나의 독특한 면이 고사리랑 닮았다는 생각이 들었다.

"주리나는 뭐 나왔는지 알아?"

해나가 내게 물었다.

"주리나의 반려 식물은 보라색 수국이야. 거짓, 변덕, 차가운 거짓말쟁이라는 꽃말을 가진 식물이지. 주리나 같은 애는 정치하면 안 돼. 거짓말쟁이거든. 정치는 거짓말만 하는 사람이 아니라, 경청하고 공감하는 따뜻한 사람이 해야 한다고 생각해."

타인에 대해 비교적 너그러워 보였던 해나가 자기 언니에게는 독설을 내뱉는 모습이 주리나와 천상 자매라는 생각도 들었다.

"주리나에게 필요한 식물은, 오염도를 측정해 주는 스칸디아모스가 딱인데."

"희생과 봉사의 의미를 가진 식물은 없니?"

"왜?"

"내 생각에 정치인들은 어느 정도 희생하고 봉사해야 한다고 생각하거든."

나도 조용히 내 생각을 말했다. 내 말에 해나가 고개를 끄덕였다.

"너에게도 식물을 추천해 줄까?"

"추천해 줄 수 있어?"

"그럼! 사람은 누구나 자신이 좋아하는 게 무의식 속에 존재하거든. 사람에게 색칠을 해 보라고 하면 자기가 좋아하는 색을 골라 칠한다잖아. 예빈이 네가 직접 테스트해 보면 되겠다. 내 사이트에 들어와 봐."

그러다가 해나는 갑작스러운 제안을 했다.

"우리 집에 같이 갈래? 가는 동안 나도 네게 맞는 반려 식물을 생각해 볼게."

뜻밖의 제안이었다. 나는 쉽게 대답을 할 수 없었다. 해나의 뜬금없는 질문이 또 한 번 훅 들어왔다.

"너, 누군가에게 관심이 생긴 적 있어? 그런 경험 한 번쯤 하잖아."

주해나의 검은 눈동자가 뚫어지게 내 눈을 바라보았다. 그 질문에 나는 고개를 가로저었다.

"아직 없어."

"심각해지지는 마. 반려라는 말은 결국 관심이라…… 물어봤던 거야."

나는 어느 새 주해나를 따라 걷고 있었고 자연스럽게 함께 집으로 들어갔다.

집에는 할아버지와 자매 둘, 이렇게 세 식구가 살고 있고,

해나의 부모님은 지난해 외국으로 가셨다고 했다. 이유는 묻지 않았다.

주해나의 집은 짐작했던 대로였다. 확 트인 통창으로 시내가 한눈에 보이고 멀리 남산타워까지 보였다. 나는 눈앞에 펼쳐진 도시 전경에 가슴이 시원해짐과 동시에 잠시 아찔해지기도 했다.

집 한쪽에 해나가 키우고 있는 식물들이 놓여 있었다. 자신의 반려 식물이라는 고사리뿐만 아니라 이끼류 식물부터 노루궁뎅이버섯까지.

특이한 식물만 있는 건 아니었다. 넓은 실내 공간은 멋진 화분들로 장식되어 있었다. 이 정도의 식물 인테리어라면 전문가의 손길을 거쳤다는 확신이 들었다.

나는 초고층 타워에 대해 내 멋대로 상상을 펼친 적이 있다. 전망은 멋질 수 있지만 초록 향기를 느낄 수 없는 삭막한 곳이 아닐까 생각했었다. 그런데 고정관념은 일순간 깨져 버렸다.

'이 얼마나 미련한 상상이었나.'

그렇다. 돈이 있으면 초고층의 하늘에 얼마든지 초록 정원을 만들 수 있다. 하늘 위에 정원을 만들어 놓은 해나네 집처럼.

해나의 쾌적한 방으로 들어가기 전 언뜻 주리나의 방을 지나쳤는데 역시 방 주인의 화려한 취향이 그대로 묻어 있었다. 넓직한 방에 빨강색이 들어간 추상화 액자가 걸려 있었고, 독특한 디자인의 침대와 가구가 있었다.

해나의 방은 깔끔한 화이트 톤으로 꾸며져 있었다. 주해나는 최신식 노트북을 켠 뒤, '해나의 비밀 정원'이라는 사이트에 접속하여 자신이 올려놓은 식물들 사진을 보여 주기 시작했다. 그러고는 나에게 노트북을 넘겨주었다.

"테스트해 봐."

나는 단계별로 질문에 답을 골랐고 해나는 옆에서 이런 나를 흥미롭게 지켜보았다.

해나의 비밀 정원

평소 화려한 것을 좋아합니까?

□ 예스   □ 노

변화와 안정 중 어느 것을 선호합니까?

□ 변화   □ 안정

혼자 시간을 갖는 것을 좋아합니까?

□ 예스   □ 노

옷장에 무채색 옷이 많습니까?

□ 예스   □ 노

화려한 꽃과 싱그러운 화초 중 하나를 선택한다면?

□ 화려한 꽃   □ 싱그러운 화초

선택한 답에 따라 다음 질문이 결정되는 몇 단계의 테스트
를 거치면 결과가 나오는데 마지막 '결과' 버튼을 누를 때 가
슴이 두근거렸다.

오래 기다리셨습니다.

당신은 솔직하고 담백하면서도 결코 남에게 자신의 모든 면을 보이고 싶
어 하지 않는 신비스러운 사람입니다.

하지만 믿는 친구에게는 원래의 솔직한 성격대로 꾸밈없이 자신을 드러내
고 싶어 합니다.

다만 이런 대상을 찾기까지 꽤 오랜 시간이 걸립니다.

당신의 이러한 성향을 반영하여 진실한 의미를 지닌 다육 식물을 반려 식
물로 추천합니다.

가을이면 화려하게 자신의 몸을 물들이는 다육 식물처럼 당신은 때때로
변신을 꾀하기도 합니다.

당신은 자신이 믿는 일이나 마음먹은 일에 대해서는 끝까지 고집스럽게
밀고 나가는 미련함도 있습니다.

설령 당신이 이 식물의 첫인상이 마음에 들지 않는다고 해도 저는 끝까지
이 식물을 키워 진실한 마음을 나눠 보라고 설득할 겁니다.

추천하는 식물은 레티지아철화입니다.

결과 아래로 추천된 반려 식물의 사진이 나오고 식물 백과
사전이 연결되어 정보를 확인할 수 있었다.

"의외네. 네가 추천 받은 반려 식물."

화려한 다육이를 보며 해나는 흥미로워했다.

"왜? 나랑 안 어울려?"

"아니야. 솔직한 성격인데 변신의 귀재라니 너무 재밌잖아.
누군가 학교에서 네 얘기를 해서 조금 궁금하기도 했어."

나는 변신을 꾀한다는 말에 고개를 갸웃했다. 나에게 그런
면이 있던가. 하지만 자신이 믿는 일에는 고집스러움을 보
인다는 말에는 수긍이 갔다. 엄마가 내게 아빠를 닮았다고
하는 것과 같은 맥락이기 때문이다.

"근데…… 누가 내 얘기를 했는데?"

"방혁! 식물 테스트 한 적 있었는데 예빈이 같은 애는 어떤
반려 식물이 맞냐고 물었던 것 같아. 그래서……."

해나는 서둘러 말을 돌렸다.

"아쉽게도 레티지아철화가 집에 없네. 있었으면 네게 줬을
텐데. 나중에 구해서 선물로 줄게."

"아, 아냐. 내가 사면 되니까."

그때 현관문이 열리면서 누군가 들어오는 소리가 들렸다. 나도 모르게 긴장했다.

문을 열고 들어온 사람은 부드러운 회색 머리칼을 지닌 멋쟁이 노인이었다. 그런데 가까이 얼굴을 마주하는 순간, 피부에 주름 하나 없고 광채마저 나는 바람에 어쩌면 해나의 아빠일지도 모른다고 생각했다. 그 정도로 젊어 보였다.

'말로만 듣던 주리나 자매의 능력 있는 할아버지가 바로 이분?'

"우리 할아버지야. 인사해."

"해나 친구구나. 해나는 친구도 없는 줄 알았더니 웬일로 친구를 다 데리고 왔네."

해나의 할아버지는 돈 많은 멋쟁이임이 분명했다. 잘 꾸며진 실내 공간에 무척이나 잘 어울리는 노인이었다.

"놀다 가거라."

할아버지는 운동복으로 갈아입더니 곧바로 나갔다.

"헬스장 가시는 거야. 운동 마니아시거든."

해나의 할아버지는 3층에 있는 헬스장으로 늘 같은 시간에 운동하러 간다고 했다.

"우리 할아버지를 보면 100세 근육맨 시대가 현실이긴 해."

해나는 할아버지를 자랑스러워하는 걸까. 해나 할아버지에게 인사하느라 현관 앞에 서 있는데 벽에 걸린 액자 하나가 눈에 들어왔다. 금빛 액자였는데 올림픽 면류관과 비슷해 보였다.

"혹시 할아버지가 올림픽 마라톤에 출전하신 거니?"

조금 전에 보았던 해나의 할아버지를 다시금 떠올렸다. 운동 마니아라면 젊은 시절 그 정도 영광을 간직했던 분일지도 모른다.

"올림픽은 아니고 노클럽 회원이셔."

나는 노클럽이 혹시 노인 헬스클럽의 골드 회원 같은 것일까 생각했다. 그런데 액자 앞으로 가까이 다가가니 금빛 면류관이 담긴 액자 아랫부분에는 'NO 클럽'이라는 금박 글자가 도톰하게 붙어 있었다. 멋진 영문 필기체로 'Noblesse Oblige'라고도 쓰여 있었다.

'아, 노블레스 오블리주를 실천하는 부자들의 기부 클럽!'

문구를 이해하는 순간 해나의 할아버지가 품격 있는 노인으로 느껴졌다.

"멋지시다."

"취미 활동이셔."

기부가 취미 활동이라니. 무척 고급스러운 취미 활동이라고 나는 생각했다.

"우리 할아버지는 젊은 시절부터 정치에 욕심이 있는 분이라. 이제는 그 꿈을 주리나에게 물려줬지만. 아, 내 말 못 들은 걸로 해 줘."

해나가 어색하게 웃었다. 그때 해나의 휴대폰 벨이 울렸다. 해나의 휴대폰 화면에 '리나'라고 떠 있었다. 해나는 미간을 잠시 찡그린 뒤 전화를 받았다. 휴대폰의 성능이 좋아서인지 주리나의 짱짱한 목소리가 나에게까지 들려왔다.

– 꼰대 나갔지?

"응."

무덤덤한 해나 대답 뒤엔 곧바로 통화가 뚝 끊어졌다.

"리나 들어온대. 신경 쓰지 마. 할아버지랑 같이 있는 걸 싫어해."

해나가 혼잣말하듯 전했다.

"리나 언니는 할아버지 싫어해? 온화해 보이시던데?"

나는 쓸데없는 사족까지 붙였다. '온화해 보이시던데'라는 말은 방금 보았던 노클럽에 대한 존경심을 담아 표현해 본 말이었다.

"글쎄…… 어쨌든 리나는 할아버지를 불편해해. 함께 있을 때는 물론 좋아하는 척, 존경하는 척 가식을 떨긴 하지만. 그래서 주리나 반려 식물은 보라색 수국이야. 거짓된 자기 자신을 바라볼 수 있었으면 하는데 일차원적인 애라서 그런 걸 몰라."

나는 주리나가 평소 학교에서 노인을 폄하하는 말을 자주 했던 게 떠올랐다. 이토록 돈 많은 멋쟁이 할아버지를, 젊은 이가 누려야 할 혜택을 빼앗는 민폐를 끼치는 노인으로 비유했다는 사실에 배신감까지 느껴졌다. 더구나 가진 것을 나누는 존경스러운 어른이 아닌가. 나는 갑자기 집에 가고 싶어졌다.

"나 이제 갈게."

해나도 딱히 말리지 않았다. 가방을 챙겨 해나 방을 나오는데 주리나가 급한 성격만큼이나 빠르게 비밀번호를 누르고 안으로 들어왔다.

"오, 이게 누구야? 예빈이 아냐?"

주리나는 눈을 동그랗게 뜨고 경쾌한 목소리로 떠들었다. 내가 서둘러 나가려는데 주리나가 "왜 더 놀다 가지." 하고 말했다.

"예빈아. 오늘 내 방송 볼 거지?"

"아, 네."

나는 건성으로 대답했다.

"섬네일 봐 봐. 자세히 소개돼 있어. 오늘 밤 9시에 꼭 들어와서 '좋아요'도 누르고 실시간 댓글도 달아 주고. 알았지?"

"네……."

"우리 청소년들이 선거에 관심을 가져야 하는 거 알지? 이번 선거 정말 중요하거든. 너희들이 좋아하는 청소년 셀럽들을 패널로 초대했으니 기대해도 좋아. 꼭 봐 줘야 해. 널 믿을게."

주리나가 생긋 웃었다. 그러는 동안 해나는 좀 전에 반려 식물에 대해 떠들던 모습은 싹 사라지고 원래의 반항적인 표정의 해나로 바뀌어 있었다.

주리나가 내게 건넨 '널 믿을게.'라는 말이 거슬렸다.

'나의 뭘 믿는다는 걸까?'

나는 주리나를 향해 공손히 인사한 뒤 해나의 집을 나왔다.

주리나의 정치 썰, 썰, 썰

저녁 9시가 되자 주리나는 동영상 플랫폼에서 개인 방송을 시작했다. 청소년 셀럽인 키키와 쏘쏘가 패널로 출연했다. 키키는 얼굴이면 얼굴, 머리면 머리, 춤이면 춤, 모든 면에서 뛰어난, 거의 연예인급 대우를 받는 춤꾼으로 유명하다. 쏘쏘는 숏컷에 걸쭉한 목소리를 지닌 중성적 매력의 여고생 프로게이머인데, 두 사람을 패널로 초청해 선거에 대한 '썰'을 풀어놓기 시작했다.

키키는 선거에 관심 많은 십 대, 쏘쏘는 선거에 전혀 관심 없는 십 대를 대변하는 것 같았다. 주리나가 정치와 선거 이야기를 할 때 둘의 반응이 이번 방송의 관전 포인트였다.

주리나는 이미 정당 활동을 2년 넘게 해 와서인지 개인 방송에서 정치 이야기를 하는 것이 자연스러워 보였다. 그동안 '미래를 위한 금요일(Friday for Future)' 활동에도 적극적이었기에 후배들과의 교류도 활발했다. 그들은 금요일이면 관련 기관을 찾아다니며 미래 세대를 위한 기후 환경을 조성해 달라고 주장해 왔다. 스웨덴의 환경 운동가 그레타 툰베리가 십 대 때부터 이 캠페인을 통해 환경 운동을 해 온 것처럼 주리나도 마찬가지였다.

"다 정치적인 이유였던 거야."

누군가는 주리나의 미래를 위한 금요일 활동이 정치권으로 나아가기 위한 예비 과정이었다고 말했다. 하지만 나는 주리나의 활동을 한 번도 의심해 본 적이 없다.

주리나는 누가 봐도 멋지고 열정적이다. 외모 또한 눈에 띄지만 언변이 뛰어나 똑똑함이 묻어난다. 주리나는 날카로운 비판 정신을 자신만의 무기로 내세워, 적어도 후배들에게는 어느 정도 신임을 얻고 있었다.

리나: 십 대 청소년은 힘들어. 아동과 청년 사이에 애매하게 끼어 정부의 지원이나 정책적인 혜택을 전혀 못 받고 있다고. 하지만 피선거권이 만 18세로 낮아지면서 이제 변화가 오고 있어.

주리나는 순수하고 열정 넘치는 청소년 정치인의 모습을 자연스럽게 드러냈다. 키키와 쏘쏘는 주리나의 이야기에 맞장구를 치고 고개를 갸웃대는 등 다양한 리액션을 보였다.

주리나가 선거 이야기를 할 때 쏘쏘는 뚱한 표정과 걸쭉한 목소리로 "그게 뭔 소리냐?"는 반응을 보이거나 황당한 질문을 해 댔다. 그러면 주리나는 쏘쏘를 향해 "이런 정치무지렁이를 봤나." 하면서 유쾌한 농담을 던졌다.

내가 보기에도 쏘쏘는 '정치 무지렁이' 같은 모습을 보였는데 그 모습이 설정인지 실제인지 알 수 없었다. 어쨌든 방송을 보는 청소년들에게는 재미를 주는 볼거리였다. 쏘쏘는 방송 내내 수명이 다 되어 깜빡거리는, 재활용품 수거장으로 가기 직전의 형광등처럼 굴었다. 주리나와 키키의 대화가 지루하다는 듯 하품을 해 대는가 하면, 자기를 이곳에 왜 불렀는지 모르겠다는 식으로 의자에 몸을 깊숙이 파묻고 방관자 같은 태도를 보이기도 했다. 그러다 갑자기 공감 가는 이야기가 나오면 게임 할 때처럼 흥분하며 "맞아, 그건 그래." 하고 소리를 질러 대기도 했다.

 나도 그 모습을 지켜보면서 피식 웃음이 터졌다. 정치 이야기는 오륙십 대의 중장년층이 나와 재미없고 지루하게 떠드는 것이라 생각했다. 그런데 주리나의 방송은 멋진 두 패널들이 재미를 채워 주고 있었다. 주리나는 그들과 어떤 인맥으로 연결된 것인지 모르나 영리하리만치 청소년 셀럽들을 잘 활용하고 있었다.

리나: 어린 자녀를 둔 부모들에게 정부에서 주는 혜택들이 뭐가 있지? 교육비, 양육비 지원 등 엄청 많은 혜택을 주고 있지? 쏘쏘 너 말해 봐. 너랑 여섯 살 차이 나는 동생 있잖아. 나라에서 어떤 혜택을 주지?

쏘쏘: 무료 급식?

리나: 도대체 무료 급식은 언제적 소리니?

쏘쏘: 요새 무료 급식 안 줘? 오 마이 갓. 나의 실수!

그러면 키키는 옆에서 박장대소했다.

리나: 어린 자녀를 둔 젊은 세대는 선거에 도움이 되거든. 삼십 대도 연금 및 의료 보험 정책 등의 변화로 미래에 대한 불안이 크지만, 현재 그들을 위한 정책은 다양해졌어. 결혼 지원금, 취업 준비금, 생애 최초 주택 지원 등 혜택이 많아. 왜냐고? 표를 긁어모을 수 있잖아. 노년층은? 노년층의 표가 얼마나 많니? 지팡이 짚고도 나와서 투표하잖아. 다 긁어모을 수 있다니까. 근데 우리 청소년들과 이십 대 청년들에게는 뭐가 있지? 아동에게 지원했던 것들이 청소년이 된 후에는 지속되질 않아. 딱 끊겨 버리지.

쏘쏘: 맞아. 우리는 아무것도 없어. 그래서 우리 청소년들은 정치에 관심조차 없잖아. 나도 그런 1인 중 하나지만. 쏘리!

리나: 맞아. 그러니까 정치가 안중에도 없는 거야. 해 주는 게 없잖아.

키키: 정말 개떡 같군. 그래, 좋아. 그런 주장들! 그런데 왜 하필 미래발전당에 청소년 선거 위원장이 되려는 건데? 너무 올드한 정당 아니야? 이전의 시민발전당에 '미래'라는 단어만 끼워 넣었지 정당 색깔은 여전히 올드하기 짝이 없잖아.

키키는 이전의 시민발전당이 기득권들과 야합하고 정치 불신을 심어 줬던 곳이라고 주장했다. 젊은 층이나 소외 계층보다는 부자들을 위한 세금 감면에 신경 썼다며 공격했다.

키키: 사실 국민이 낸 세금을 정치인들은 바르게 써야 할 필요가 있잖아. 돈을 어떤 정책에 어떻게 쓰느냐가 중요한데, 부자들만 위한다면 주리나가 주장하는 청년 정치와 전혀 맞지 않는 것 같아.

리나: 내가 미래발전당에 가입하게 된 이유는 새롭게 바뀌어야 할 당이기 때문이야. 지금 청년들은 힘들어. 미래가 없어. 아니, 우리 십 대 청소년들은 더 더 더 미래가 없지. 이제껏 누려 왔던 환경마저도 재앙으로 닥칠 수 있는 위기의 시대에 살고 있거든. 너희들 우리에게 미래가 있다고 생각해?

쏘쏘: 당연히 없지!

리나: 맞아. 내가 금요일마다 '미래를 위한 금요일' 활동을 왜 했다고 생각해? 기성세대들은 우리들이 살아갈 미래에 대한 대책이 아무것도 없다고! 그들은 당장 자신들의 삶만을 위해 현재의 모든 것을 마구 낭비하고 있어.

키키: 맞아. 그래서 요즘 우리 청소년이 점점 방어적인 태도로 바뀌는 거 아닐까. 내 것을 점점 빼앗기다 보니. 여기서 내 것을 빼앗겼다는 것은, 우리가 가졌어야 할 것을 그들이 지켜 주지 못한다는 불신도 포함된 거야.

리나: 내가 하고 싶은 말이 그거야! 이제 우리 것은 우리 스스로 지켜야 한다는 것이지.

쏘쏘: 그럼 우리가 지켜야 할 것들이 뭔지 리나 언니가 구체적으로 말해 봐.

리나: 청소년들이 미래 환경을 위해 걸어 다니고, 자전거 타고 다니고, 대중교통 이용하는 것에 대해 값을 매겨 줘야 해. 지구 온난화로 인한 피해는 고스란히 우리가 안게 됐어. 우리는 앞으로 환경세를 엄청 물면서 살게 될 거야. 하지만 기성세대는 문제의식이 없어.

주리나의 의견에 패널 두 사람이 동시에 동조해 주었다.

> 리나: 새로 형성된 '그린 도시' 다들 알지? 그곳에 입주하여 창업한 청년들은 자동차를 타지 않고 환경을 지키기 위한 생활을 하고 있어. 이런 곳에 전폭적 지원을 해 줘야 하지. 그런데 말뿐이잖아. 처음 약속했던 지원은 당최 없다니까!

주리나에게 미래를 위한 금요일 활동을 이끌어 온 활동가의 면모가 느껴졌다.

> 리나: 노년층은 똘똘 뭉쳐 그들의 재산과 혜택을 빼앗기지 않으려고 안간힘을 써. 그들은 걸어다니며 불편하게 생활해야 하는 '그린 도시'에는 절대 살지 않아.

주리나는 젊은이들 못지 않은 건강한 신체로 그들끼리 단합하여 오프라인 집회에 참가하고 인터넷 활동도 활발히 하는 노년층을 향해 양보 없는 기득권 계층이라고 몰아붙였다.

키키: 잠깐! 물론 젊음을 유지하는 돈 많은 노인들도 있지만, 사실 노인들이야말로 우리 사회의 가장 취약 계층 아니야? 지금 발언은 좀 오류가 있는 듯한데?

키키의 반론에 주리나가 자신의 말을 조금 수정했다.

리나: 물론 취약 계층이나 빈곤층을 위한 복지 혜택은 유지되어야만 하지. 내가 말하는 건 돈 많은 노인들, 현재의 우리에 비해 여러 가지를 충분히 누린 노년층을 말하는 거야. 자기 것을 손에 쥐고 안 놓는 그들 말이야. 이제는 무게 추를 앞으로 이동해야 한다고 주장하고 싶은 거야.

주리나는 피선거권 연령이 만 18세로 낮아진다는 것은 상당히 의미가 있다고 강조했다. 그래야 우리도 비로소 목소리를 낼 수 있다는 것이다.

리나: 이제 청소년들의 목소리가 커져야 해. 우리도 권리를 찾아야 해.

키키: 그러면 미래발전당보다 청년들이 중심이 되어 정치 활동을 하는 선진녹색당으로 나가야 하는 거 아냐? 그동안 리나가 해 왔던 미래 세대를 위한 기후 활동을 봐도 말이야. 선진녹색당은 미래 세대를 위한 실험적인 정치 안건을 꽤 여러 개 내놓았잖아.

키키의 의견에 주리나는 예민한 반응을 보이며 신경질적으로 말했다.

주리나: 노노! 선진녹색당은 너무 급진적이야. 나는 거칠고 비현실적이며 이상주의에 치우친 정책에는 동의할 수 없어.

키키: 선거 앞두고 지나친 비방 아닌가?

몇 해 전, 선진녹색당과 연합한 청년 운송 노조원들이 오토바이와 불도저, 화물차 등을 끌고 와 도로 한복판에서 시위한 사건이 있었다. 그 사건은 뉴스에서 워낙 크게 다루어져 정치에 관심 없는 나도 대충 알고는 있다. 새벽부터 시작된 그들의 시위로 당일 교통 대란 뿐만 아니라 며칠 간 운송 및

물류 대란, 택배 대란으로 모든 것이 마비됐었다.

주리나가 그 사건을 꺼내자, 키키와 쏘쏘도 그들의 주장에는 일부 동의하더라도 그런 활동 방식에는 동의할 수 없다고 했다.

키키: 그동안 정치 활동을 해 보니 어때? 기대감을 가질 만하던가? 이번 선거에 우리 청소년들이 정치를 믿고 어느 당이든 표를 줘도 되겠냐고?

리나: 정당 활동을 해 보니 진짜 개떡 같아. 완전 실망이야!

주리나 말에 키키와 쏘쏘 모두 폭소를 터뜨렸다. 물론 실시간 채팅 창에도 '빵 터졌다'는 반응들이 많았다. 주리나는 정치 활동은 반드시 바뀌어야 하며 그러기 위해서는 우리 청소년들이 정치에 관심을 갖고 선거를 꼭 해야 한다는 말로 마무리했다.

실시간 댓글을 보니 반 아이들이 눈에 띄었다. 노미란은 쉴 새 없이 응원 댓글을 보내고 있었고, 태수 역시 반복적으로 댓글을 올리고 있었다.

채팅 창에는 주리나의 열변에 응원을 보내는 사람들도 있었지만, 노인과 노인 정책을 적대시하는 주리나에 대해 불쾌해하는 사람들도 꽤 많았다. 하지만 노년 세대와 청년 세대가 함께 섞여야만 바람직한 정당이 될 수 있으며, 이제 우리 정치도 세대 간 갈등을 넘어서서 화합해야 한다는 합리적 의견도 꽤 있었다.

오랫동안 개인 방송을 해 온 주리나의 진행은 노련했다. 중간중간 실시간 댓글들을 읽어 가며 농담으로 받아치는가 하면, 진지한 자세로 의견을 받아들이는 모습도 보였다.

리나: 오늘 영상 보시고 댓글 달아 주시는 분들 중, 열 분을 뽑아서 기프티콘 드리는 것 알고 계시죠? 많은 댓글과 응원 부탁드립니다.

나는 주리나의 방송을 보면서 다른 세상을 보고 있는 것 같았다. 주리나는 무엇을 위해 이렇게 열정적으로 정치 참여를 하는 걸까. 흔히들 말하는 좋은 세상을 만들겠다는 대의적 명분일까, 아니면 개인적 야망일까, 아니면 정치에 뜻을 두었던 할아버지의 꼭두각시 인형일 뿐인 걸까.

특별한 계층만 살 것 같은 초고층 타워. 화려한 주리나의 방. 돈 많은 멋쟁이 할아버지. 그 그늘 밑에서 부를 누리는 주리나와 주해나. 그들에게 부족한 것은 없어 보였다.

그에 비해 나는 어떤가. 특정 계층만 살 것 같은 지독히 덥거나 추운 상가 주택. 저승 방향의 어두컴컴한 방에서 사회에 관심도 없이 살아가는 열여섯 살 소녀. 투잡으로 생계를 이어 가는 그의 싱글맘.

나는 '만일'이라는 가정을 세웠다.

'만일 아빠가 돌아가시지 않고 내 곁에 있었다면 어땠을까.'

적어도 이렇게 비관하며 살아가지는 않을 것 같았다. 어금니가 뽑혀 나가면 오랫동안 푹 꺼진 잇몸이 새 살로 채워지기까지 달래야 하는 것처럼, 커다란 나무가 뿌리째 뽑히면 푹 꺼진 웅덩이를 메꾸기까지 노력이 필요한데, 꿔 올 흙도 그것을 메꿀 기운도 엄마와 나에겐 없는 것 같았다.

'정말 정치에 관심을 가지면 내 생활도 달라질까? 언제까지 아빠의 부재를 핑곗거리로 삼으며 살 것인가.'

그건 절대 핑계가 아니다. 아빠의 부재가 나를 힘들게 하는 것은 '팩트'였다.

웃는광장 첫 모임 때 방혁이 했던 말이 문득 떠올랐다.

'정치에 무관심하다면 가장 저질스러운 인간의 지배를 받게
될 것이다.'

그럼 열여섯 살의 나는 앞으로 무엇을 어떻게 해야 할까.

나는 침대에 가만히 누워 암막 커튼으로 가려진 깜깜한 창
을 바라봤다.

낫투영투런

5월을 앞두고 있지만 이상 기온으로 인해 기온이 뚝 떨어졌다. 모처럼 학교 옆 야외 광장에 부스가 마련되었다. 오늘은 자치회 활동 날이기 때문이다. 전교생이 우리 반에서 준비한 체험 프로그램에 많은 흥미를 보였다.

주해나의 반려 식물 찾기는 특히 인기가 많았다. 원래의 테스트를 단순화해 몇 개의 반려 식물을 추천해 주는 방식이었다. 부스에서 판매하는 추천 식물을 사 가는 학생들도 많아 이미 목표 금액을 달성했다.

노미란의 폐타이어 업사이클링 디자인 부스도 인기를 끌었다. 디자인에 관심 많은 아이들은 망가진 타이어를 이용해 도심의 벤치나, 공공장소의 화분, 또는 디자인 자체가 하나의 예술 작품이 되도록 도안을 그렸다.

엄기웅의 부스도 웃음이 그치지 않았다. 코딩을 활용해 만든 간단한 게임으로 아이들이 공을 뽑으면, 기웅이가 번호에 맞는 환경법 문제를 냈다. 정답을 맞힐 때까지 아이들은 부스 안에 있는 두더지를 사정없이 내리쳐야 했는데 두더지를 때리는 시간이 늘어날수록 돈은 점점 올라갔다,

광장은 모처럼 활력과 웃음으로 가득했다. 친구와 함께 의미 있는 일을 한다는 것에 우리는 소소한 행복을 느꼈다.

나는 내 부스에서 작은 망치를 두들겨 목공 사각틀을 만들었다. 희성이가 만든 사이트를 통해 홍보가 많이 되었을 것으로 믿고 재료 준비를 어느 정도 해 갔는데 참석자가 적었다. 다행히 고등부 여자 선배 세 명이 왁자지껄 몰려와 액자를 만들고 갔다. 반 친구들도 와서 참여해 주었다. 낯선 타인들을 내 부스로 맞이하는 것은 은근히 긴장되면서도 즐거웠다.

지저분해진 부스를 정리하고 있는데 익숙한 목소리가 들

렸다.

"흥미롭네."

나는 깜짝 놀라 고개를 들었다. 방혁이 나를 보며 빙그레 웃고 있었다.

"나도 기념품 하나 만들고 싶은데. 좀 전에 해나 부스에서 반려 식물로 이끼를 추천 받았어."

"정말요? 선배의 반려 식물이 하필 이끼라니. 특이하네요."

"나는 원래 이끼류를 좋아하거든. 축축하고 습한 곳을 좋아하는 이끼들은 신비스럽기도 하고 말이야. 이끼는 물속에 살던 원시적인 식물이 육지 생활로 이행해 가는 중간 단계의 생물이라고 해나가 말해 줬어. 더구나 심하게 오염된 지역에서는 절대 자랄 수 없다니 이만큼 인간을 각성하게 해 주는 식물이 또 있을까?"

방혁은 입술을 다문 채 양쪽 꼬리만 올려 부드럽게 웃어 보였다. 볼에 깊게 패이는 보조개가 매력적이었다.

"해나가 제 부스를 살려 주려고 추천 반려 식물에 이끼를 굳이 넣은 것 같아요."

"그랬을까?"

"제 부스가 망할 것 같았나 봐요."

나는 잠시 쓸데없는 말을 늘어놓았다.

"왜 그렇게 자신 없는 말을 하는 거지?"

방혁의 질문에 나는 살짝 현기증을 느꼈다. 사람을 곤란하게 만드는 질문 따위가 싫었다.

"해나가 운영하는 사이트에서 테스트를 했다면 선배의 반려 식물은 이끼가 아닌 다른 게 될 수도 있었을 거예요. 오늘은 식물을 판매하려고 몇 종류만 간단하게 만든 거예요."

나는 방혁이 내 부스에 들른 것에 대해 큰 의미를 두고 있지 않다는 뜻을 내비치고 싶었다. 하지만 괜한 말을 늘어놓았다는 생각과 함께 내 표현 방식이 무척 촌스럽다고 여겨졌다.

"그래? 다음엔 해나 사이트에서 다시 찾아 봐야겠네."

방혁의 화법은 꽤나 진지한 스타일이다. 나는 진지함을 좋아하는데 아이들은 이런 스타일을 별로 좋아하지 않는다.

"오늘부터 이끼가 좋아졌어. 미세먼지를 흡수하여 공기를 정화해 주는 식물이라니. 인간의 오염도도 측정해 준다면 더 좋겠지만 말이야."

내가 액자 만드는 방법을 알려 주지도 않았는데 방혁은 꽤
나 섬세한 손길로 액자를 만들기 시작했다. 교복 셔츠의 소
매를 걷어 올린 방혁의 팔뚝에 힘줄이 불끈 솟아나 있었다.
나는 그 모습에 묘한 매력을 느꼈다.

"선배, 척척 잘 만드네요."

그때 방혁의 오른쪽 손목 안쪽에 새겨진 타투를 보게 되었
다. 가느다란 풀 한 포기를 그린 섬세한 타투였다.

"예빈아."

갑자기 방혁이 내 이름을 불러서 깜짝 놀랐다.

"오늘 오후에 잠깐 볼 수 있니?"

방혁과 눈이 마주치자 내 감정을 들킬 것 같아 얼른 고개를
떨구었다.

"아, 오늘 일이 있어서……."

"그렇구나. 다음에는 시간 내줄래? 별일은 아니야. 네게 부
탁할 것도 있고 해서."

"네, 선배."

나는 방혁이 액자 값으로 내민 돈을 통에 넣으며 방혁이 만
든 붉은색 나무 액자를 봉지에 담아 내주었다.

"오늘 부스에서 한 활동 중에 제일 값진 활동이었어. 내 책상 앞에 잘 걸어 둘게."

방혁은 액자를 들고 나가더니 다시 바로 옆에 있는 주해나의 부스로 갔다. 두 사람은 무슨 이야기인가를 속닥속닥 나누었다. 주해나와 방혁의 웃음소리가 언뜻 들려왔다.

'늘 무덤덤한 주해나도 방혁에게 호감을 느끼는 걸까?'

주해나의 반려 식물이 고사리라는 사실도 영 믿을 수 없었다. 수수함을 떠올리기엔 주해나의 얼굴은 너무 예뻤다. 문득 주해나가 했던 말이 떠올랐다. 나에 대해 물은 사람이 있었는데, 그 사람이 방혁이라고.

'나에 대해 왜 물었을까?'

무심코 들었던 그 말은 자꾸 의미를 더듬게 만들었다.

주해나는 방혁의 반려 식물이 이끼가 될 것임을 짐작했을까. 물론 테스트는 방혁이 직접 한 것일 테고 결과로 이끼가 뜬 것은 우연의 일치일 것이다. 나는 재빨리 방어 태세에 돌입했다.

'관심 *끄기*.'

자치 활동은 성공적으로 끝났다. 모금액은 예상을 훨씬 넘었다. 담임은 우리들 이름으로 그린피스에 기부할 거라고 했다. 이제 내 생활기록부에도 그럴듯한 활동 이력이 한 줄 생길 것이다.

행사를 마치고 나는 놈닭살 커플과 함께 학교를 벗어나 큰 도로를 향해 걸었다.

"요즘 청소년들의 정당 가입이 엄청 많이 늘어났다는 기사 봤어? 각 당에서 중학생들을 가입 시키느라 난리야."

그 말은 사실이었다. 선거일이 다가올수록 당마다 청소년 당원을 모집하기 위해 열을 올렸다. 이전에는 볼 수 없었던 특이한 행보였다. 십 대 청소년들이 어느 당에 많이 가입하여 정당 활동을 하느냐는 당의 이미지와 지지율로 연결됐다. 우리 반 아이들도 정치에 부쩍 관심이 늘었다.

"너는 어느 당 지지해?"

미란이가 내게 물었다.

"글쎄, 아직 정하지 않았어."

"혁이 오빠 말이야. 소문 들은 적 있어?"

미란이 말에 내 두 귀가 쫑긋 섰다. 가슴은 두근거렸다.

"소문이라니? 몰라……."

나는 침을 꼴깍 삼켰다.

"이번에 선진녹색당에서 파격적으로 청소년 국회의원 후보로 낸다는 소문이 있어. 혁이 오빠, 이번에 어쩌면 선진녹색당 전략 공천으로 후보가 될지도 모른대. 후보자 등록까지는 아직 시간이 있지만 거의 확실한가 봐. 선거 위원장은 그냥 던지는 밑밥이고."

"우리 봉봉이 그런 걸 어떻게 알았어?"

기웅이가 미란이 볼을 살짝 꼬집으며 의외라는 반응을 보였다. 아무리 정치 동아리에 있다 해도 아직 언론에도 공개되지 않은 일을 어떻게 안 건지 나도 의문이었다.

"그런 따끈한 소식을 어디서 물어 온 거야?"

기웅이가 한 번 더 물었다.

"나 얼마 전 혁이 오빠한테 프러포즈 받았어."

"헉. 정말?"

나와 기웅이가 동시에 외쳤다.

"호호. 오해 마, 봉봉. 혁이 오빠가 선거 운동 좀 도와달라고 은밀하게 프러포즈했어."

"뭐야? 난 또 뭐라고. 사랑한다고 한 줄 알았잖아."

기웅이가 안심하듯 말했다. 나는 불과 몇 시간 전, 시간을 내줄 수 있냐고 조심스럽게 묻던 방혁이 떠올랐다. 결국은 선거를 도와달라는 거였나 하는 실망감이 들었다. 그것도 모른 채 방혁의 눈빛에 의미를 담던 자신이 어리석게 느껴졌다. 다행히 놈닭살 커플은 나의 이런 심정을 눈치채지 못한 것 같다.

"그래도…… 고3이 공직자가 되는 건 무리 아닌가? 아직 미성년자인데."

나는 말끝을 흐렸다.

"정예빈, 진짜 고루하네. 이젠 정치판도 젊은 사람으로 바뀌어야 한다고! 프랑스나 독일처럼 우리도 확 바뀌어야 해. 너 UN에서 진행한 캠페인 'Not Too Young To Run'이라는 말 몰라? 정치 참여에 너무 어린 나이는 없다!"

미란이가 눈을 동그랗게 뜨고 나를 바라보았다.

"오, 우리 봉봉은 갑자기 왜 이렇게 바뀌었어?"

오늘따라 내가 묻고 싶은 말을 엄기웅이 대신 물어 주었다.

"호호. 나 좀 달라졌지? 이게 다 방혁 오빠 덕분이지. 나도

그동안 선거니 정치니 이런 거 관심 없었는데 웃는광장 들어
간 것도 사실 방혁 오빠 때문이었어. 오빠가 이런저런 이야
기를 들려주는데 완전 설득 당했잖아. 언변이 대단해."

미란이는 정말 방혁에게 푹 빠진 것 같았다.

"교복 입은 구의원, 시의원, 국회의원 나오지 말란 법 있
어? 안 그래? 봉봉 말해 봐!"

미란이가 다짐육 두들기듯 다짜고짜 엄기웅을 툭툭 치며 물
었다.

"알았어. 누가 뭐래? 낫 투 영 투 런! 출마하기에 어리지 않
다! 오케이. 접수 완료!"

미란이 말처럼 지방 선거나 총선에서 방혁이 시 의원, 혹은
구 의원, 아니 교복 입은 국회의원으로 나오는 일이 실제 가
능할까. 아니, 얼마든지 후보로 나올 수는 있다. 그런데 과
연 당선될까. 나는 상상할 수 없었다.

각 정당마다 청소년들에게 청소년 대표니, 청소년 선거 위
원장이니 하는 직함을 달아 주고 그들을 선거 전면에 내세워
이슈화한 지 불과 얼마 안 되었다. 세상이 급속도로 변하고
정치 역시 세계적 트렌드와 맞물려 빠르게 변화하고 있는 것

은 사실이다.

나도 최근 들어 정치에 관심이 많아지긴 했지만 여전히 의문이 가득하다. 청소년인 나는 청소년에 대해 이 세상과 사회에 대해 아무것도 모르는 '관심 부족과 경험 부족'이라는 생각이 강하기 때문이다. 그런데 만 18세 국회의원이 현실이 된다면 나처럼 정치에 무관심했던 아이들도 눈이 번쩍 뜨이는 건 사실이다.

"세계가 한목소리를 내고 있어. 이제 청소년들도 권력을 행사할 권리를 가져야 한다고 말이야. UN에서 공표된 것처럼 '당신이 투표하기에 충분한 나이라면 공직 후보자로 나서기에도 충분하다고 믿는다.'라는 말을 우리 스스로 거부한다면 말이 되겠어? 안 그래? 우리의 가능성을 믿어야 된다고!"

미란이는 벌써 선거 운동원이라도 된 것처럼 열을 올리며 말했다.

"난 혁이 오빠 나오면 무조건 선진녹색당 찍으려고 생각 중이야. 솔직히 주리나 선배 좀 밥맛없어."

미란이가 솔직한 성격이긴 하지만 노골적으로 주리나를 욕하는 건 생소한 모습이었다. 왜냐하면 미란이는 주리나 앞에서 늘 호감을 보였기 때문이다. 또 미란이 성격상 '좋은 게 좋은 거지.'라며 이리저리 갈대처럼 군 적은 많아도 누굴 나쁘게 이야기한 적은 없었다.

미란이가 주리나를 욕하자 기웅이가 바로 역공에 나섰다.

"왜? 난 주리나 선배 멋있던데."

"할아버지 배경 믿고 나대잖아. 부잣집 손녀딸이면 다야?"

"부잣집 딸이 얼마나 큰 스펙인데. 나도 내 여친이 부잣집 딸이면 좋겠다 쩝!"

기웅이 말에 미란이가 정말로 화가 난 것처럼 얼굴이 붉어졌다. 어쩌면 '부잣집 딸'이라는 표현이 미란이의 가장 아픈 곳을 찌른 것인지도 모른다. 나는 미란이 표정을 살피며 조심스레 물었다.

"근데 혁이 선배의 뭐가 그리 마음에 드는데?"

나는 미란이가 왜 방혁을 지지하는지 이유가 궁금해졌다.

"잘생겼잖아."

"단지 이유가 그거야?"

내가 묻고 싶은 것을 기웅이가 또 대신 물어 주었다.

"응. 잘생겼으면 된 거지. 호호."

"헐! 우리 봉봉 실망이야."

엄기웅이 고개를 절레절레 흔들었다. 미란이가 평소 모습과 다르게 느껴져 나도 생소했는데, 금세 제자리를 찾는 것 같아 안도했다.

"봉봉, 너 죽을래? 꼭 그 이유 때문인 줄 알아? 나도 다 생각이 있다고."

이번에는 노미란이 엄기웅에게 바로 반격했다.

"요즘 부자는 말할 것도 없고, 모든 것이 대물림이야. 부모 덕에 사장 되고, 연예인 되고……. 그런데 정치도 슬슬 대물림 되려 하잖아?"

"대물림이라니. 그런 사람이 솔직히 몇이나 될까?"

내 물음에 미란이가 흥분해서 떠들기 시작했다.

"선거 나가려면 기탁금도 걸어야 하고, 선거에서 정해진 기준 이상의 표를 얻지 못하면 선거 비용도 물어야 해. 솔직히 우리 같은 십 대들이 선거에 선뜻 나설 수 없는 이유지. 누군가가 밀어주지 않는 한 말이야. 그러니까 대물림이나 마찬가지지."

"우와. 우리 봉봉 말 잘한다!"

기웅이가 미란이 어깨를 감싸 안았다. 그 바람에 기웅이 손
길이 내 어깨를 스쳐 머리카락까지 건드렸다.

"아, 미안."

기웅이가 바로 내게 사과했다.

"혁이 오빠는 진짜 뒷배경이 없어. 부모도 없이 조손 가정
에서 반듯하게 자란 사람이야. 신뢰할 수 있는 이미지는 다
본인이 노력해서 만든 거야. 스스로 일어선 거라고. 게다가
아이큐 엄청 높은 거 알지?"

나는 이제껏 방혁이 어떤 환경에서 자랐는지 알지 못했다.
그는 미란이가 말한 것처럼 언제나 예의 바르고 모범적인 모
습을 보여 왔다.

"혁이 오빠, 동아리 경험도 많고, 알바도 엄청 많이 해. 요
즘 시대에 청소년들의 삶을 잘 알고 있다고! 나는 다양한 경
험을 한 사람들이 정치를 해야 한다고 생각해. 요즘은 자기
경험을 파는 시대잖아."

노미란의 생각은 제법 논리가 있어 보였다.

"세상 어려운 것 없이 자란 주리나 같은 사람은 중세 시대
공주처럼 높은 성에 살면 되는 거 아니니. 칫!"

이제 보니 노미란은 주리나에 대해 꽤나 비판적이었다.

"지난번엔 주리나 선배 응원하지 않았어?"

나는 얼마 전 주리나의 개인 방송에 열심히 댓글을 달던 노미란을 떠올렸다. 분명 주리나를 옹호했고 아낌없이 응원을 보내던 미란이었다.

"혁이 오빠 만난 뒤로 마음이 바뀌었어."

그 말에 엄기웅이 좀 불쾌한 투로 말했다.

"난 방혁, 재수 없던데. 진지한 척 구는 것도 싫고. 왠지 가식적이야. 지가 뭐 잘난 올빼미라도 되는 듯이 목소리 쫙 깔면서 말하는 것도 재수 없어."

"우리 봉봉 질투하나 봐. 호호."

미란이가 걸음을 멈춘 채 기웅이 볼을 가볍게 꼬집어 댔다. 귀여워 죽겠다는 표정이었다. 나는 조심스레 물었다.

"근데 너는 혁이 선배에 대해 어떻게 그렇게 잘 알아?"

나는 방혁에게 호감이 있었음에도 그에 대해 아는 바가 별로 없었다.

"혁이 오빠 학교에서 인기 많잖아. 애들은 대부분 다 알아. 아무것도 모르고 있는 네가 더 이상한데?"

미란이 말에 나는 머쓱해졌다. 사실 이런 말을 들을 정도로 주변에 관심 없이 살아온 나였다. 높은 성에 살고 있는 공주는 주리나가 아니라 '나'인지도 모른다.

"우리 뭐 맛있는 거 먹고 갈까?"

노미란은 가운데서 나와 기웅이의 팔짱을 꼭 낀 채로 햄버거집으로 끌었다.

"미안. 난 급한 일이 있어 집에 가 봐야 해."

내가 노미란의 팔짱을 풀며 말했다.

"정예빈. 너무 그러지 마. 신비주의도 아니고."

"아, 아냐. 신비주의라니 무슨 그런."

"너 입 크게 벌리고 햄버거 먹는 모습 좀 보고 싶다. 그런 소문 있어. 너 풀이랑 이슬만 먹고 살아서 가끔 퍼런 풀똥만 쬐금 싼다는 소문."

그 말에 엄기웅이 크게 웃더니 얼굴을 내밀어 내 쪽을 바라보았다.

"하긴, 잔잔한 물결 같은 음성에 안개꽃 같은 얼굴이 정예빈의 이미지지. 안개꽃에 가려져 실체를 잘 모르겠는 아이?"

아이들이 나를 그렇게 바라보는 줄은 꿈에도 생각지 못했다. 뭔가를 감추고 있는 것처럼 보인다니.

"그래. 정예빈! 오늘 우리 앞에서 너도 소고기 패티 네 개 들어 있는 언빌리버블 버거가 으앙 한입에 들어가는 아이란 걸 좀 보여 주라. 흐흐."

엄기웅이 두 손으로 햄버거를 들고 먹는 흉내를 내면서 내게 이색 주문을 했다.

"아, 미안. 다음에 함께 먹자. 그땐 내가 살게."

"너 자꾸 그렇게 해라. 벌써 몇 번째야. 다음엔 꼭이야!"

노미란이 엄한 경고를 내렸고 나는 적잖이 당황하며 알겠다고 약속했다. 놈닭살 커플은 다정하게 팔짱을 끼고 햄버거 집으로 들어갔다.

나는 집을 향해 빠르게 걷기 시작했다. 걸으면서 자연스럽게 방혁을 떠올렸다. 방혁은 어떤 삶을 살아왔을까. 할머니 손에 자랐다면 나보다 더 환경이 어려울 수도 있다. 그런데도 왜 그렇게 자신감 있어 보였을까.

목을 한껏 드러낸 교복이 춥게 느껴졌다. 봄이라고는 하나 여전히 차가운 바람만 부는 스산한 날씨였다. 이제 간절기

가 없어지고 겨울과 여름 극단의 두 계절만 존재하는 듯 느
껴졌다.

말 달리자

방혁에 대한 깜짝 놀랄 만한 소식이 학교에 퍼졌다. 방혁이 청소년 선거 위원장이 아닌 국회의원 비례 대표 후보로 나갈 거라는 소문이었다. 청소년 선거 위원장만 해도 당에서 대단한 역할을 하는 자리이다. 왜냐하면 청소년들의 표를 모으고 선거를 승리로 이끌기 위해서 선거 전면에 나서는 얼굴이기 때문이다. 그런데 국회의원은 국민의 대표로 법률의 개정이나 예산안 등을 처리하는 무거운 자리가 아닌가.

소문은 일순간 학교에 퍼졌다. 선진녹색당에 대한 지지와 관심이 크게 늘었다. 정확히 그때부터였다. 주리나가 본격적으로 방혁을 견제한 것이. 적어도 학교 내에서 대세는 방혁이 속해 있는 선진녹색당이었다.

하지만 주리나도 만만치는 않았다. 주리나는 미래발전당의 청소년 선거 위원장이 되어 100세까지 끄떡 없는 노인들에게 언제까지 젊은이들의 복지 혜택을 빼앗길 수는 없다는 주장을 개인 방송에서 자주 펼쳤다. 주리나가 제시하는 십 대들의 권익을 드러내는 이슈들, 환경 문제, 청소년 노동 문제, 또 학생 최저 용돈 지급 등의 정책들은 반향을 불러일으켰다.

청소년 유권자들은 주리나의 활동에 환호했다. 주리나가 속한 당의 이미지가 주리나로 인해 확 바뀌는 효과가 있었다. 지역과 학교에서 주리나에 대한 끈끈한 팬덤 현상이 생겨나기 시작했다.

방혁에게는 이런 팬덤 현상은 없었다. 까딱하다간 모래성 무너지듯 그동안 쌓은 지지를 잃을 가능성도 있었다. 그에 비해 주리나가 속한 미래발전당을 지지하는 층은 아주 견고했다.

주리나는 자신이 속한 당이, 젊은이를 위한 정당이라는 슬

로건을 내세웠다. 이제까지 노인을 위한 정당으로 여겨진 미래발전당에 주리나의 존재는 신선했다.

"주리나는 막힘없고 화끈해. 미래발전당 이미지가 확 바뀌겠어. 적어도 우리 선거구에서만큼은 말이야."

태수는 여전히 주리나의 열혈 팬이었다. 태수 같은 아이들이 적지 않았다. 주리나는 강하고 확신 있는 말투로 청소년들의 복지를 외쳤다. 인기 있는 셀럽들을 데려와 개인 방송을 이어갔는데 솔직히 주리나의 방송은 볼 만하고 재미있었다.

반면, 방혁은 이상적 가치들을 내세워 그다지 매력적으로 보이지는 않았다. 지역구 의원들과 함께 청소년 정치에 대해 이야기하는 방식마저 식상해 보일 정도였다. 방혁은 자신이 국회의원이 되면 청소년들을 위한 입법 활동을 많이 하겠다고 말했으나, 온건하면서도 별 뚜렷한 특징이 없는 주장들을 펼쳐 각인되지 않았다.

나는 말 달리듯 경쟁하는 둘 사이에서 갈등했다. 친구들이 둘 중 누구를 지지하냐고 물으면 머뭇거렸다.

하지만 노미란의 영향인지 은근히 마음속에서 방혁을 응원하는 내 자신을 발견했다.

'주리나는 할아버지 배경 믿고 나대잖아. 방혁은 삶의 경험이 많은 사람이야.'

여러 활동과 알바를 통해 경험을 쌓았다는 방혁. 경험이 많은 만큼 실제 청소년의 삶을 잘 대변할까. 그에 반해 주리나는 미래 사회에 현실적으로 접근하는 게 느껴졌다. 한마디로 세계적 변화에 발을 맞추는 느낌이었다.

반 아이들은 하나둘 정당에 가입하고 SNS에 자신이 정치와 선거에 무관심하지 않다는 것을 해시태그로 드러내기 시작했다.

#드디어정당가입

#십대이슈알기

#청소년이온다

#선거판엎어치기

그리고 아이들 사이에서 자신이 가입한 정당을 암시할 만한 아주 작은 단서들을 비밀스럽게 숨겨 SNS에 인증하는 것이 유행처럼 번졌다.

어느 틈엔가 나도 정치적 입장을 고민하고 있었다.

'엄마와 내가 처한 상황이 좀 더 나아지려면 뭐가 필요할까?'

이 질문은 내 삶을 나아지게 하고 싶다는 꿈틀거림이었다. 갑자기 어두컴컴한 내 방이 답답하게 느껴졌다. 신선한 바람을 맞고 싶었다. 문득 우리 집 바로 위에 옥상이 있다는 사실을 떠올렸다.

현관문을 열고 열 계단쯤 올라가면, 굳게 닫힌 비상구가 나온다. 뻑뻑한 그 문을 열고 한 걸음만 올라서면, 비록 큰 건물 틈에 껴 있지만 위가 뻥 뚫린 하늘을 볼 수 있다.

아빠가 돌아가시고 나서 1인 시위를 벌일 때 어깨에 걸었던 '부당 해고' 피켓을 차마 버릴 수 없다며 옥상으로 들고 올라가던 엄마의 모습이 어렴풋이 떠올랐다. 나는 한 번도 나가 본 적이 없는 옥상으로 올라갔다. 누가 버렸는지 모를 오래된 낡은 간판과 뜯겨진 녹색 천막, 그리고 눈비를 맞아 이젠 글자조차 희미해진 피켓이 한쪽 구석에 세워져 있었다.

왈칵 눈물이 쏟아졌다. 아빠가 너무 그립고 가슴이 아파서 차마 그 피켓을 볼 수 없었다.

나는 난간 쪽으로 가 일부러 먼 곳을 바라보았다. 주변에 큰 빌딩들이 있지만 제법 시야가 넓게 트였다.

'나에게도 희망이 있을까.'

엄마는 그동안 투잡까지 뛰며 열심히 살아왔다. 그래도 삶이 나아지리라는 보장은 없어 보였다. 그렇다면 이제는 사회 시스템이 바뀌어야 하지 않을까. 우리 집 같은 형편은 혜택과 지원이 필요하다.

'이제껏 나는 정치에 무지했음을 고백한다.'

쏘쏘를 향해 정치 무지렁이라고 놀려 대던 주리나의 독설이 나를 향한 화살이었음을 깨달았다. 나는 뿌연 회색빛 도시의 하늘을 오랫동안 올려다보았다.

이상 기온으로 봄조차 느낄 수 없었는데, 어느 새 아예 한여름처럼 더워졌다. 단열이 안 되는 상가 주택은 도심의 키 큰 빌딩들 사이에서 묘하게 뜨거운 열만을 그대로 흡수하고 있었다.

일요일, 나는 엄마와 함께 할머니 댁에 가기로 했다. 한 시간 가량 지하철을 타고 할머니가 20년 동안 살아온 임대 아파트에 도착했다. 엄마는 휴일이면 할머니 댁으로 가 밀린 집안일을 해 주었다.

"할머니, 나 예빈이에요."

나는 할머니의 어깨를 안으며 말을 걸었다. 할머니의 키는 그새 더 작아져 있었고, 표정은 딱딱했다. 엄마는 냉장고 안에 있는 반찬들을 둘러보았다. 그 반찬들은 한 식품 기업에서 돌봄이 필요한 노인들에게 매주 제공해 주는 것으로 요양보호사가 일주일간 밥을 챙겨 드린다.

"식사 잘하고 계셨어요?"

엄마 물음에 할머니는 입꼬리를 축 내린 채 좀 심술궂은 표정으로 대답했다.

"죽지 못해 살지. 반찬이 드럽게 맛이 읎어."

할머니는 치매 증상이 심해질수록 상냥함은 사라지고 괴팍해졌다. 매번 비슷한 반찬들에 질린 것도 같다.

"통 입맛이 읎어."

"이만하면 먹을 만하지 뭘 그래요."

엄마가 사 온 딸기를 씻어 할머니에게 내밀었다.

그때 돌봄 로봇 다솜이 할머니 곁으로 다가와 말을 건넸다.

"할머니, 운동할 시간입니다."

그 말을 뱉은 뒤 로봇은 일정한 신호음을 냈다. 그러자 엄마가 장화 같은 신발을 할머니 발에 끼우고 전기 코드를 꽂았다. 로봇은 운동과 치료를 구분하지 못하는 것 같았다. 어쩌면 치료도 운동에 포함시키는 것일까. 장화는 수축과 이완을 반복하면서 할머니의 다리를 주물러 줬다.

"이거 엄마가 사다 준 거야? 처음 보는 건데."

"아니. 엄마가 무슨 돈으로. 할머니 허리 협착증 진단서 떼어서 냈더니 기부 단체에서 무료로 대여해 준 거야. 기부 단체에도 자격 심사를 거쳐야 하거든."

나는 할머니 다리에 끼워진 장화를 물끄러미 바라보았다. 그런데 그곳에 익숙한 로고가 보였다.

NO 클럽

그 순간 가슴이 덜컥 내려앉았다. 분명 같은 글자인데 공간이 달라서일까. 초고층 타워 해나네 집 현관에서 본, 금박으로 도톰하게 쓰여 있던 'NO 클럽'과 할머니 다리에 끼워진 장화에 박힌 'NO 클럽'이 이토록 다르게 보일 줄이야.

'주리나가 말한 세금을 축내는 노인은 결국 내 가족을 향한

독설이었던가?'

나는 갑자기 메스꺼움을 느꼈다. 쿰쿰한 냄새가 나는 할머니의 임대 아파트도 싫었고 두 모녀의 퉁명스런 대화도 듣기 싫었다. 적당히 눈치를 보다가 나는 할머니 댁에서 나왔다.

할머니, 엄마 그리고 나로 이어지는 가난의 대물림이 문득 두려워졌다. 엄마가 할머니를 지켜보며 본인의 미래를 걱정하는 것처럼, 나도 엄마와 할머니를 지켜보면서 내 암울한 미래를 엿보는 것만 같았다. 부잣집 딸 주리나와 주해나가 부럽고, 젊음을 유지한 그의 할아버지가 부러웠다.

그러다 웃는광장에서 벌였던 주리나와 방혁의 설전도 떠올랐다. 가난이 죄가 아닌 것처럼, 부자 부모를 둔 것도 죄가 아니다. 방혁이나 주리나나 모두 자신의 길을 적극적으로 헤쳐나가고 있다. 노미란과 엄기웅 역시 형편이 좋지 않지만 자신의 삶을 즐기는 게 분명했다.

나는 버스를 타고 창밖 거리를 바라보았다. 그러다 결국 도착한 곳이 엄마와 자주 가는 헤이븐 카페였다.

카페 안은 호젓한 아침과는 달리 손님들이 제법 많았다. 나는 창문을 마주하고 앉는 일인용 좌석에 앉았다. 창을 통해

바깥을 멍하니 바라보고 있는데 등 뒤에서 익숙한 목소리가 들려왔다.

"주문하시겠어요?"

평소와 같은 젊은 여자 사장의 목소리가 아닌, 남자 직원의 목소리에 고개를 돌렸다.

"어, 예빈이 아냐?"

방혁이 놀란 얼굴로 말을 걸었다.

"선배…… 여기서 일해요?"

"일한 지 한 달 됐어. 너 여기 자주 와?"

"네. 엄마랑 가끔……."

나는 '피치앤레몬 블렌디드'라고 말했다가 다시 메뉴를 바꿨다.

"아이리시 커피요."

"청소년은 알코올 안 되는데?"

방혁은 싱긋 웃더니, 잠시 후 커피를 테이블에 내려놓았다. 손목 안쪽에 새겨진 가느다란 풀 한 포기 타투가 언뜻 보였다. 너무 가느다란 풀 그림이라 놓치기 십상인 타투였지만, 나에겐 선명하게 다가왔다.

방혁은 커피를 내려놓자마자 바쁘게 카페 일을 해 나갔다. 음료를 만들고, 서빙을 하고, 또 테이블을 정리하는 등 정신 없어 보였다. 나는 그런 방혁을 잠깐씩 훔쳐보았다.

잠시 후 다음 알바생이 오자 방혁은 알바생에게 일을 넘긴 뒤 내게 다가왔다.

"나랑 데이트 어때?"

그 말에 남은 커피를 쭉 들이켰다. 위스키가 들어 있진 않았지만, 마시고 나니 용기가 나서 방혁의 옆 얼굴을 뚫어지게 바라보았다. 오똑한 콧날과 톤 다운된 비비크림을 바른 듯 잘 정돈된 피부결이 눈에 들어왔다.

카페를 나와 번화가로 향하는 뒷골목을 걸으며 방혁이 내게 물었다.

"왜 알코올이 들어간 커피를 마시려고 했어?"

내가 엄마에게 던진 것과 같은 질문이었다.

"기운 나니까요. 근데 선배 손목에 타투……."

"아, 이거? 눈썰미가 대단하네. 워낙 작은 그림이라 다들 잘 못 보는데."

방혁이 씩 웃었다.

"그거 뭔지 물어도 돼요?"

"고산지대에서 자라는 범꼬리 식물이야."

방혁은 타투에 대한 이야기를 시작으로 자신의 미래와 선거에 대해 주저리주저리 늘어놓았다. 나는 방혁의 말을 잠자코 들었다. 정치나 선거에 대해 잘 알지 못하지만 귀 기울여 들으려고 노력했다.

"선배는 대학도 가야 하고 지금 할 일도 많을 텐데 왜 피곤하게 선거에 뛰어들었어요?"

"정치와 선거는 남의 일이 아니라 내 일이야. 내가 먹고사는 문제와 아주 직결된 게 정치거든."

"고백하자면 저는 이제껏 정치에 관심 없었어요. 선거도 관심 없고……."

"괜찮아. 이렇게 조금씩 알아 가면 되는 거야. 사람에 대한 관심도 똑같잖아. 몰랐던 것을 조금씩 알아 가면서 그 사람을 좋아하게 되잖아."

"그럼…… 선배는 진짜 정치 활동을 하려고 그러는 거예요?"

"응. 난 내 진로를 정치로 정했어. 솔직히 세상을 바꾸고,

정의를 바로 세우고, 이런 거창한 구호는 싫어. 다만 정직하게, 옳게, 내가 하고 싶은 일을 하려는 것뿐이야. 물론 밥벌이도 되어야겠지."

"정치가 정말 삶을 바꿔 줄까요?"

"당연하지."

"선배가 속한 정당은 미래, 젊음, 청년, 진보 이런 이미지를 가진 당이잖아요. 선배도 노인들에게 사용되는 복지 예산에 반대하나요?"

나의 갑작스런 질문에도 방혁은 바로 대답했다.

"나는 할머니 손에 컸어. 조손 가정과 노인 지원 정책이 없었다면 내가 어떻게 자랄 수 있었겠어. 노인과 청소년, 청년을 따로 분리하여 갈등하기보다는 한 가정의 문제로 봐야지. 함께하는 거지."

'한 가정의 문제?'

방혁의 말이 명료하게 이해됐다. 방혁이 나를 보며 씨익 웃었다.

나는 방혁을 따라 청계천 광장까지 걸었다. 청계천 산책로에는 연등 축제가 벌어지고 있었다. 다양한 빛깔의 연등이 줄에 길게 매달려 영롱하게 빛나고 있었다.

나는 지난번 자치 활동 때 내게 시간을 좀 내달라던 방혁의 말을 기억하고 있었다. 우리는 청계천 둑에 나란히 앉아 연등 불빛을 바라보았다.

"선배, 지난번에 할 말 있다고 했잖아요?"

방혁이 사 준 아이스크림을 든 채로 내가 물었다.

"아, 그랬나?"

방혁이 말끝을 흐렸다. 순간 그 말에 실망했다. 당사자는 기억조차 못 하고 있는 말을, 나는 왜 지금껏 궁금해하며 기억하고 있었을까.

"아, 맞다. 사실 네게 중요한 제안을 하려고 했어."

"혹시…… 정당에 가입해 달라는 부탁이요?"

내가 물었다.

"맞아. 너 같은 애가 필요하거든."

'필요'라는 말이 매우 도드라지게 들렸다. '필요'라고 하면 아주 중요하다는 의미와 함께, 어떤 목적을 위해 쓰이는 도구로 느껴졌다. '너 같은 애'라는 말에 의문을 품었다.

"나 같은 애? 나 같은 애는 어떤 애예요?"

나는 질문을 던지고는 가만히 그의 대답을 기다렸다.

"글쎄, 어떻게 표현해야 할까. 정치색을 드러내지 않는 아이? 양극의 시소를 타지 않는, 평균의 아이? 정치에 무관심하거나, 무관심한 것처럼 행동하는 아이?"

방혁은 뭐라고 딱 정의하기 힘든 '나'에 대해 나름의 정의를 내리며 말을 이어 나갔다.

"예빈이 너 같은 아이가 어떠한 계기로 인해 당원 가입을 하게 된다면, 그것만으로도 놀라운 일이고 변화지. 당 입장에서는 큰 힘이야. 곧 치러지는 총선을 위해 너 같은 애들이 많이 가입해 주면 좋을 것 같아."

방혁은 나에 대해 어떤 기대를 하고 있는 것일까. 나는 달콤함을 전혀 못 느낀 채 숙제처럼 아이스크림을 핥아 먹었다. 들고 있는 아이스크림이 거추장스럽게 느껴져 빨리 없애야만 할 것 같았다.

"지난번 동아리에서 선배들이 말했던 것처럼 정치가 내 삶을 바꿔 주고, 누구를 찍느냐에 따라 내 삶이 달라진다면…… 가입할게요."

"와, 예빈이의 이런 변화가 반갑네."

방혁의 얼굴이 환해졌다. 자신을 지지해 줄 사람을 얻었다는 기쁨 때문일까. 방혁은 내 손을 잡았다. 그의 갑작스런 행동에 나는 당황해 슬그머니 손을 뺐다. 그러자 이번에는 방혁이 내 어깨에 팔을 둘렀다. 선배의 친밀함으로 이해해야 할까. 순간 머리가 복잡해졌다.

방혁에게는 아무 감정이나 의미 없는 충동적인 행동이었다 해도, 적어도 나에게는 아니었다. 언뜻 머스크 향이 풍겨 왔다. 그럴수록 내 정신은 또렷해졌다.

"요즘 청소년들 표를 의식해서 우리 당에서 부서별로 청소년 위원회를 만들고 위원장을 두려고 해."

"선배는 청소년 선거 위원장으로 나가려는 거예요? 듣기로는 국회의원 후보로 출마한다던데."

"아직 몰라. 당에서 고심 중이야. 선발 과정도 거쳐야 하고. 쉽지 않은 도전이야."

방혁의 눈은 빛났다. 그 눈빛을 보는 순간 옥상에서 본 아빠의 1인 시위 피켓이 떠올랐다. 왜 그런지는 모르겠다. 아빠가 부당 해고를 주장하며 힘겨운 시위를 이어 가던 지난한 시간들. 그때가 떠오르자 가슴이 뜨거워졌다.

"우리, 걸어요!"

내가 어깨에서 그의 팔을 내리고 벌떡 일어서자 그도 엉거주춤 일어섰다. 방혁의 얼굴을 똑바로 바라보며 말했다.

"저도 정당 가입하고…… 언젠가는 청소년 대표에 도전해 볼까요?"

솔직히 그 말은 나도 예상치 못한 말이었다. 아니, 어쩌면 내 깊은 무의식에서 나온 말이었는지도 몰랐다. 방혁의 눈이 커다래졌다.

"좋아! 사실 너 같은 중학생이 청소년 대표가 되어야 해. 무관심했던 네가 왜 정치와 선거에 관심을 갖게 되었는지, 왜 정당에 가입했는지, 사람들 앞에 나서서 이야기하는 것만으로도 많은 청소년 유권자의 공감을 얻을 수 있으니까."

방혁은 당황한 표정을 지으면서도 입으로는 응원을 보내 주었다.

방혁과 헤어지고 난 뒤에도 나는 꽤 오랫동안 쏘다니다 늦은 시간에 집에 들어갔다.

"종일 어디 갔다 이제 오는 거야? 전화도 안 받고!"

퉁명스럽게 묻는 엄마에게 나는 속마음을 숨긴 채 대수롭지 않은 듯이 대답했다.

"바빴어. 내게 무슨 일인가 벌어졌거든!"

그랬다. 늘 똑같은 오후의 햇빛이 어느 날 내 피부에 다르게 와닿았다는 건 분명 큰일이었다. 이전의 날들은 표백되어 사라졌다. 그날 오후의 빛깔만이 내게 선명하게 다가왔다. 그것은 연등에서 새어 나오던 빛처럼 나를 울렁거리게 했고, 다시 태어난 듯한 황홀감마저 안겨 주었다.

진실

"주리나 선배가 미래발전당 국회의원 비례 대표 후보로 결정됐대!"

미란이가 교실로 들어오며 소리쳤다. 주리나가 청소년 선거 위원장에 나설 거라던 소문과는 다른 소식이었다.

미란이 말에 반 아이들은 놀랐고, 해나는 미란이를 힐끗거렸다.

"정말?"

태수의 물음에 미란이가 고개를 끄덕였다.

"그럼 리나 누나랑 혁이 형이 우리 지역구 국회의원으로 서로 경쟁하는 거네?"

"아니. 비례 대표는 정당의 득표수에 따라 선출되는 국회의원이니까 직접적인 경쟁은 아니야. 비례 대표는 번호가 중요해. 그리고 방혁 오빠 공천 안 될걸?"

단호한 미란이 말에 태수가 눈을 동그랗게 떴다.

"혁이 형이 공천될지 안 될지 네가 어떻게 알아?"

"느낌으로 알지. 이 바닥 소문이 빠르거든."

"정말이야? 난 선거권 있으면 혁이 형 찍고 싶었는데."

태수가 자신의 본심을 밝히다가 해나를 의식하고는 말을 멈췄다. 해나가 일부러 자리를 비켜 주듯 교실 밖으로 나갔다.

"이제 곧 후보 등록을 해야 해. 그런데 또 막판에 반전이 있을지도? 어쩌면 혁이 오빠는 이번엔 청소년 선거 위원장으로 만족해하며 다음 선거를 기다릴지도 모르지."

총선의 후보 등록이 마감되면 주리나와 방혁의 거취가 결정될 것이다. 정당 내 공천이 결정되기까지는 혼전이 계속되기 때문에 아무도 결과는 모른다.

며칠 뒤 기사를 통해 주리나가 미래발전당 국회의원 비례 대표 1번으로 공천을 받게 되었다는 사실을 알게 되었다. 그 기사에는 '파격'이라는 수식어가 붙었다.

 주리나는 비례 대표 후보라서 직접 선거 운동을 할 필요는 없지만, 청소년과 청년 유권자의 표를 끌어오기 위해 미래발전당의 선거 운동에 합류했다.

 방혁은 선진녹색당 공천에서 떨어져 청소년 위원으로 선거를 돕는다고 했다.

"공천이 쉽지 않잖아."

 노미란은 방혁이 공천되지 않아 아쉽다고 했다.

"노미란! 방혁 선거 운동원처럼 굴더니 안됐네."

 태수 말에 노미란이 정색을 했다.

"내가 언제? 나 방혁 오빠 지지한다고 말한 적 없거든. 난 처음부터 리나 언니였다고!"

 미란이가 얼굴색 하나 바꾸지 않고 말을 바꿨다.

 그때 해나가 아이들 앞에서 뭔가 할 말이 있는 듯 머뭇거렸다. 굳은 얼굴을 한 해나가 작정한 듯 입을 열기 전, 해나의 입가에서 미세한 경련이 일어났다.

"너희들……."

아이들의 시선이 집중됐다.

"주리나 걔 완전 계산적이고 위선적인 애야."

해나의 말은 폭탄 선언이었다. 원래도 언니라는 호칭을 쓰지 않았지만 남을 대하는 듯한 태도였다. 나는 해나의 의도가 궁금해졌다.

"그거 진담이야?"

엄기웅이 물었다.

"이번에 주리나가 국회의원 후보로 공천된 배경에는 공정이라는 룰이 빠졌어. 청소년 정치인이 기성세대의 나쁜 정치를 닮았다면 그 카드는 버리는 게 낫지 않을까?"

모든 아이들이 의아해했다. 평소 주해나 성격으로 봤을 때 이런 말을 하는 것도 이상했다.

"걔가 이제껏 미래 세대를 위한 기후 운동을 해 놓고 왜 색깔이 다른 미래발전당에 들어갔는 줄 알아? 공천을 약속 받았기 때문이야. 벌써부터 권모술수나 부리는 그런 애 때문에 나 같은 정치 혐오자가 생기는 거야."

해나의 이야기에 다들 놀라 눈만 껌벅였다. 그때 노미란이 나섰다.

"주해나! 말 조심해! 네가 지지하는 방혁 오빠야말로 모순 투성이에, 진실성이 없다는 것을 알 만한 애들은 다 알아."

"잠깐만!"

주해나가 단호한 목소리로 미란이 말을 끊었다.

"나, 혁이 선배 지지한다고 말한 적 없거든. 나는 정치를 혐오하는 사람이야."

해나가 분명하게 입장을 밝혔다.

"너 선진녹색당이잖아. 방혁 오빠 따라 정당 활동 한 지 1년 넘었잖아. 우리에게만 비밀일 뿐이지. 왜지? 이런 사실을 아무도 모르는 줄 알았지?"

해나의 하얀 얼굴이 점점 붉어졌다. 항상 덤덤한 표정의 해나가 얼굴색이 바뀌는 모습이 너무 생경했다.

"그, 그건 아냐. 물론 정당 활동을 하긴 했지만……."

해나가 당황해하며 말을 더듬었다.

"너 요즘 방혁 오빠랑 친하더라. 둘이 그렇고 그런 사이라는 거 난 알거든."

노미란이 웃음기 싹 가신 얼굴로 몰아붙였다. 평소 생글거리던 얼굴은 어디에도 없었다. 아이들은 이 놀라운 사실에 다들 어안이 벙벙했다.

"주해나가…… 방혁이랑 사귀는 사이야?"

그동안 해나에게 마음을 두고 있었던 태수의 얼굴에 분노의 감정이 엿보였다. 자칫하면 그의 다혈질적인 성격이 드러날 판이었다.

나도 미란이의 이야기에 너무 놀랐다. 미란이 말처럼 해나가 방혁과 그렇고 그런 사이라면……. 며칠 전 만났던 방혁의 모습이 떠올랐다. 갑작스레 손을 잡고 친밀하게 어깨에 팔을 두르면서 상대방에게 설렘을 안겨 괜한 오해의 여지를 만들던 사람.

해나가 다시 입을 열었다.

"누구를 지지하느냐는 각자 자기 맘이지만…… 진실은 알려야 할 것 같아서. 한 가지 더 말하자면 주리나는 완전히 권력에 눈이 멀었어."

"주해나, 너 지금 폭로전으로 가자는 거냐?"

노미란이 벌게진 얼굴로 대들었다. 며칠 전만 해도 방혁의 선거 운동원이라도 된 듯 좔좔 자신의 생각을 늘어놓던 미란이였다. 평소 미란이는 누군가에게 먼저 시비를 거는 일이 없는 아이라 더욱 놀라웠다.

"야, 너희들 왜 그래? 요즘 선거 열기가 장난 아니긴 하지만……."

태수가 감정을 추스르고 분위기를 수습했다. 노미란 곁에서 항상 참을 수 없는 가벼움을 발산하던 기웅이마저도 오늘은 입을 꾹 다문 채 심각해 보였다. 둘이 헤어졌나 싶을 정도로 기웅이는 미란이와 거리를 두고 남처럼 굴었다. 그 흔하던 스킨십도 없고 촐싹 맞은 맞장구도 없었다.

"놈닭살 커플이 오늘 왜 이리 심각하고…… 더구나 노미란, 너 진짜 이상하거든. 목숨이라도 걸었냐?"

태수가 눈알을 굴려 대며 두 사람을 번갈아 보았다. 주해나가 다시 입을 열었다.

"주리나가 청소년의 미래 어쩌고 하는 거 다 거짓말이야. 그게 걔 생각인 것 같아? 천만에. 어른들이 시키는 대로 말하면서 그걸 자기 생각인 척하는 것뿐이야. 그러면서 자기가 얻는 이익만 생각하는 이기주의자라고. 그런 애는 절대 정치하면 안 돼. 제대로된 후보에게 투표하는 건 유권자들의 신성한 권리니까."

주해나의 폭로에 노미란도 맞섰다.

"네가 인간이냐? 너희 언니 잘나가는 거 배 아파서 고춧가루 뿌리는 거 아냐. 얘들아, 주해나 말에 진실 같은 건 없어. 그저 뼛속까지 자기 언니를 향한 질투와 지독한 콤플렉스로 똘똘 뭉쳐 있는 환자일 뿐이지."

"노미란, 함부로 말하지 마. 난 솔직히…… 정치에 관심 없어. 하지만 잘못된 것을 알려야겠다는 생각은 했어."

주해나가 평소보다 훨씬 느린 말투로 이야기했다.

"정치에 관심 없으면 입 닫고 꺼져! 비겁하게 흑색선전 하지 말고."

미란이가 강하게 몰아붙였다.

"리나 언니가 국회의원 역할을 잘할지 못할지 네가 어떻게 알아? 선택은 우리가 해."

미란이 말에 틀린 것은 없었다. 선택은 유권자 몫이며 결과 또한 그들이 책임져야 한다.

"야! 다들 진정해. 선거 때만 되면 왜 이러는지. 우리 엄마 아빠도 요즘 맨날 싸운다니까."

태수 말에 아이들은 침묵했다. 그러나 주해나의 갑작스러운 폭로에 아이들이 의문을 품기 시작했다. 나도 주리나가 정치 스폰서의 기획과 주문에 따라 움직인다는 해나의 폭로가 놀라웠다. 또 해나와 방혁이 '그렇고 그런 사이'라는 노미란의 폭로도 충격적이었다.

솔직히 나는 주해나를 잘 알지는 못한다. 한번 그의 집에 가 보았을 뿐이다. 순간 방혁의 손목에 그려진 가느다란 식물 타투가 떠올랐다. 범꼬리라고 알려 줬던 그 그림, 주해나의 손목에 그려진 고사리와 범꼬리. 둘이 무관하지 않다는 생각이 들었다.

"자, 자. 우리 이러지 맙시다. 각자 본인이 알아서 판단하고, 알아서 정당 지지하고, 그에 맞는 인물을 잘 뽑으면 되는 거지. 그러고 보니 우린 아직 선거권도 없는 열여섯이잖아. 에잇! 선거권 있는 줄 착각했네."

태수가 발로 의자를 콱 찬 뒤 등을 돌려 교실을 나가 버렸다. 날카로웠던 분위기가 잠시 누그러졌다. 아이들은 명사 초청 수업을 듣기 위해 시청각실로 이동하기 시작했다.

나는 주해나의 곁을 지나치면서 궁금한 것을 물었다.

"범꼬리 타투 네가 그려 준 거야?"

슬쩍 바라본 주해나의 얼굴에 당황한 빛이 드러났다.

"그날…… 너희 집에 나를 데리고 간 이유가 궁금해졌어."

그 말을 내뱉고 교실을 나가려는데 주해나가 내 팔을 잡아 돌려세웠다.

"범꼬리 타투, 내가 그려 준 것이긴 하지만 아무 뜻은 없어. 그리고 우리 집에 널 데리고 간 것 역시 아무런 이유 없어. 괜한 상상 하지 마. 주리나 얘기, 믿고 안 믿고는 네 판단에 맡길게. 사실 우리에겐 투표권도 없잖아. 참 다행이야."

주해나는 제 할 말을 내뱉고 작은 백팩을 한쪽 어깨에 걸친 채 교실을 나갔다. 나도 시청각실을 향해 계단을 내려갔다.

내 마음 속에 옅은 분노와 오기가 생겨났다. 이대로 가만히 있기보다는 나도 뭔가를 해야겠다는 결심이 일었다. 변신을 꾀하는 레티지아철화처럼, 자신이 믿는 것에 대해 끝까지 지키고 고집 부리던 아빠처럼.

열여섯 우리들의 선거

선거가 코앞에 다가왔다. 선거 운동의 열기는 점점 뜨거워
졌다. 친환경을 내세운 이번 선거는 현수막이나 종이 공보
물 등이 많이 줄었다. 친환경 선거 운동을 펼칠 경우 정당의
선거 비용을 더 많이 되돌려 준다는 방침 때문이었다. 또 선
거 공보물을 온라인으로 열람하기로 신청한 유권자에게 환
경 마일리지가 지급됐다. 환경 마일리지는 I-머니로 환원되
어 통장으로 들어오거나 인터넷 쇼핑에 사용할 수 있다.

청소년들 사이에서도 선거에 대한 관심은 뜨거웠다. 선거
운동 또한 SNS를 활용하여 치열하게 펼쳐졌다. 나도 정당

에 가입했다. 주리나가 있는 당도 아니고 방혁이 권유한 당도 아니다. 내가 선택한 정당은 소수 정당이지만, 정당 활동을 일정 기간 이상 해야 어떠한 자격을 준다는 기준이 없어서 마음에 들었다. 정당에 가입하면서 속으로 다짐했다.

'나도 이제 내 삶을 바꿀 행동을 시작한다!'

교복 입은 국회의원 후보 주리나에게 쏟아지는 관심은 대단했다. 주리나는 여전히 열정적으로 선거 운동을 해 나갔고 팬덤 현상은 점점 강해졌다. 주리나를 통한 청소년 정치 바람은 더욱 거세졌다.

주리나의 연설 영상은 큰 화제를 불러일으켰다. 교복 입은 국회의원 후보에 대한 뉴스는 날마다 방송될 정도였다. 당선 가능성도 제법 크게 보고 있었다.

"진짜 당선되는 거 아닐까. 이제 우리나라에도 교복 입은 국회의원이 생길지도 몰라."

노미란은 미래발전당의 선거 운동원이 되면서 엄기웅과 헤어졌다. 이제 둘은 더 이상 놈닭살 커플이 아니다. 엄기웅은 다른 반 여자아이랑 벌써 새로운 커플이 되어 돌아다닌다. 놈닭살 커플의 전설은 아이들 사이에서 잊히고 있다. 엄기

웅과 결별하고 노미란이 며칠을 울었다는 확인되지 않은 소
문만 돌았다.

빨리 결혼하고 싶다던 예전의 노미란은 사라지고, 이젠 열
성 운동원이 되어 청소년 선거 공약을 떠들며 다녔다. 방혁
에 대한 비방도 일삼고 다녔다. 노미란은 언젠가부터 주리
나의 독설을 그대로 흉내 냈다.

"방혁의 모든 것은 철저히 계획되어 만들어진 이미지일 뿐
진실이라곤 없어."

노미란과 주해나의 말 중 어느 것이 진실인지는 모른다. 주
해나는 왜 느닷없이 자기 언니에 대해 폭로를 하는 걸까? 주
해나의 폭로처럼 주리나는 정치 스폰서의 주문에 따라 철저
히 기획되고 만들어진 것일까? 정말로 공천 과정에서 돈이
라는 불공정이 작용했을까? 미란이는 왜 이토록 열심히 선
거 운동에 앞장서는 걸까?

결국 해나는 인터넷 신문 기자에게 주리나의 불공정 공천에
대해 폭로했다. 아니, 기자에게 폭로한 사람이 주해나일 거
라고 우리는 추측할 뿐이었다.

청소년 정치 바람이 왜 중요한가요? 기성세대의 부패하고 무능한 정치가 아닌, 깨끗하고 신선하고 발전적인 미래의 정치를 보고 싶었던 것 아닌가요? 하지만 주리나는 이런 기대를 저버렸어요. 공정하지 못한 과정에 대한 증거물을 제가 다 갖고 있어요. 자진 사퇴를 하지 않는다면 낱낱이 폭로할 겁니다.

인터넷 신문에 실린 J라는 제보자의 인터뷰였다. 숨은 진실을 우리는 알 수 없었다.

나는 청계 광장 앞 연등 불빛을 보며, 방혁과 함께 걸었던 날을 떠올렸다. 잠깐의 시간으로 누군가를 다 알 수는 없다. 어쨌든 그날은 처음으로 남이 사 준 아이스크림을 받아 들고, 착각인지도 모를 설렘으로 두근대기도 했다.

"그래. 그것으로 충분해."

무엇보다 그날은 내 안에 새로운 결심이 꿈틀댔던 날이다. 이전의 날들과는 다른 새로운 빛을 맞이했던 날이다.

"너 같은 중학생이 청소년 대표가 되어야 해. 무관심했던 네가 왜 정치와 선거에 관심을 갖게 되었는지 사람들 앞에 나서서 이야기하는 것만으로도 많은 청소년 유권자의 공감을 얻을 수 있으니까."

방혁의 말이 떠올랐다. 처음 웃는광장 모임에 나갔을 때 주리나가 했던 말도 떠올랐다.

"오늘 이 모임에 나온 것만으로 앞으로 네 삶에 변화가 올 거야. 정치는 곧 생활이거든."

나는 계획한 첫 번째 일을 실천하기로 했다. 내가 가입한 정당의 청소년 대표에 지원하는 것이다.

이것은 내가 벌이는, 나를 향한 1인 시위나 마찬가지다. 아빠를 닮은 미련한 고집스러움의 DNA가 나만의 방식으로 표출되는 것일지도 모른다.

드디어 우리 당 청소년 대표 경선 날이다.

나는 충분히 숙면을 취하고 일어났다. 아침마다 휴대폰으로 전달된 타로 운세를 확인하는 나지만 오늘은 운세를 보지 않았다. 아니 앱을 없애 버렸다. 정치는 현실이다. 운세 따위에 맡길 일이 아니다.

대신 어제 늦은 밤, 방혁이 집 앞으로 와서 내게 주었던 스칸디아모스 액자를 가만히 바라보았다.

"스칸디아모스! 오염도를 측정해 주고 공기를 정화해 준다는 식물이지. 부디 첫 마음이 변하지 않길 바라. 나도 처음엔 오염되지 않았었거든."

방혁은 그 말과 함께 액자를 주고 갔다. 응원의 표시였다.

나는 긴장감에 가슴이 떨려 왔다. 커튼에 매달린 드림캐처를 바라보며 다시금 아빠를 떠올렸다. 그러자 떨리던 마음이 가라앉고 조금씩 담담해지기 시작했다.

나는 외우다시피 한 연설문의 마지막 검토를 끝냈다.

저는 이제껏 정치에 관심 없이 살아온 십 대입니다. 그동안 정치가 생활이며, 우리의 삶을 바꿔 준다는 말을 믿지 않았습니다.

하지만 열여섯 살의 저는 지금 이 말을 믿습니다. 저는 정치가 삶을 바꿔 준다는 그 말이 거짓이 아니길 바랍니다. 그래서 정당에 가입했고, 오늘 이렇게 당의 청소년 대표에도 도전하였습니다.

이 자리는 특별한 사람만 서는 자리가 아닙니다. 저같이 힘 없고 배경 없는 사람이 설 수 있어야 합니다. 그래야 더 절실하고 진실하게 일합니다.

필요하면 얼마든지 목소리를 내서 내 이야기, 우리 이야기를 할 수 있어야 합니다. 십 대들이 간절히 원하는 삶이 무엇인지 이야기할 수 있어야 합니다. 그게 진정한 자유고 그게 우리의 권리입니다.

이기고 지는 것은 중요하지 않습니다. 무관심이 관심으로 돌아서고, 절망이 희망으로 바뀌는 것이 중요합니다.

저는 열여섯 살입니다. 그래서 뛰어들었습니다. 우리 십 대들의 미래를 위해…….

나는 내 방의 암막 커튼을 확 걷었다. 잘 열리지 않는 뻑뻑한 창문을 힘껏 열었다. 창문틀에는 그동안의 시간 더께만큼이나 흙먼지가 두텁게 쌓여 있었다. 꽤 밝은 빛이 방으로 화사하게 쏟아져 들어왔다.

'이 방은 어쩌면 환한 방이었는지 몰라. 그동안 몰랐을 뿐이지.'

열린 창문 앞에 바짝 서서 보니 꽉 막힌 건물들 사이로 못 보던 풍경들이 눈에 들어왔다. 비록 좁은 틈이지만 멀리 북악산 꼭지가 조그맣게 보인다는 사실을 처음 알게 되었다.

"건물들 틈에 가려 아무것도 보이지 않을 것으로 생각하고 살았는데."

나는 가슴을 크게 펴고 바람과 햇볕을 느끼기 위해 가만히 눈을 감았다.

열여섯 살 인생에 이처럼 경건하고 신성하게 하루를 맞이한 적이 있었던가!

다시금 눈을 떴을 때는 멀리 북악산의 푸른 그림자가, 내 마음 안으로 가만히 들어오는 것을 느꼈다.

우리는 조심스레 열여섯 그들을 응원할 뿐이다

《열여섯 우리들의 선거》는 청소년의 정치 참여가 늘어나고 정치에 젊은 바람이 불어오면서, 우리 사회의 가장 불안한 연령대인 열여섯 청소년들의 모습을 담아낸 작품이다.

중학생은 사회적으로 가장 취약한 계층이다. 어른이 되기 위한 전 단계로서 뚜렷한 목표를 가진 고등학생과 달리 15, 16세 중학생들은 아직 별다른 목표도 없고, 그렇다고 마냥 세상과 등지고 있을 수는 없는 모호한 위치에 있다. 그들의 육체나 정신은 더 이상 아동도 아니고, 어른도 아닌, 중간에 애매하게 끼여 여전히 혼란 속에 뒤덮여 있다. 세상에 대한 호기심이 많으나 또 한편으론 지독한 무관심 속에 자신을 가두기도 한다. 자신의 몸뚱이를 칭칭 감고 있는 고치처럼, 외부로부터 자신을 철저히 가두고 세상에 대한 무관심을 오히려 자신의 보호막인 듯 여긴다.

그들의 정치에 대한 입장도 마찬가지이다. 땅과 하늘 사이를 기우뚱거리는 시소처럼, 또 아슬아슬하게 줄타기하는 곡예사처럼 불안하고 어지럽기만 하다. 성숙과 미성숙 사이에서 그들은 조심조심 발을 내딛고 있을 뿐이다.

이 작품은 현재와도 닿아 있는 근미래를 배경으로 써 본 것이다. 주인공인 예빈은 아빠가 돌아가시고 엄마와 함께 불안한 미래 속에서 지내는 중학생이다. 아직 꿈이 뭔지, 하고 싶은 일이 뭔지 모른 채 떠밀리듯 하루하루를 살아간다. 어두컴컴한 방에서 하루를 열고, 바깥 세상과 거리를 두고 생활하는 무관심의 아이다. 투잡을 하며 생계를 꾸려 가는 엄마와 요양원 입소를 앞둔 치매 할머니를 바라보며 희망 없는 미래에 절망하기도 한다. 하지만 우연히 들어간 정치 동아리 '웃는 광장'에서 주변의 선배와 친구들을 보면서, 조금씩 고치 밖으로 머리를 내밀려는 자신을 발견한다.

삶의 모습은 다양하며 살아가는 방식도 다양하다. 모든 것을 모른 체하며 외면하고만 싶었던 예빈은 비로소 세상을 바라본다. 아직은 선거권이 없는 중학생 예빈이 정치가 삶을 바꿔 줄 거라는 희망을 가지고, 예비 정치인인 선배들과 주변 인물들을 통해 '관심'과 '과정'을 배워 간다. 진실과 거짓 사이에서 정치판의 진흙탕 같은 싸움이 벌어지지만, 그조차도 의미 있는 하나의 과정으로 받아들인다.

암막 커튼으로 자신을 가두던 예빈이는 과연 한 발짝 딛고 올라선 옥상 위에서, 푸른 하늘이 있다는 것을 알게 될까. 우리는 조심스레 열여섯 그들을 응원할 뿐이다.

꿈꾸는 문학 13

열여섯 우리들의 선거

1판 1쇄 발행 2023년 5월 25일

지은이 김경옥

펴낸이 김상일 ǀ **펴낸곳** 도서출판 키다리

편집주간 위정은 ǀ **편집** 이은경, 이신아 ǀ **디자인** 조은화 ǀ **마케팅** 백민열, 장현아 ǀ **관리** 김영숙

출판등록 2004년 11월 3일 제406-2010-000095호

제조국 대한민국 ǀ **사용연령** 10세 이상

주소 경기도 파주시 심학산로 10

전화 031-955-9860(대표), 031-955-9861(편집) ǀ **팩스** 031-624-1601

이메일 kidaribook@naver.com ǀ **블로그** blog.naver.com/kidaribook

ISBN 979-11-5785-638-1 (43810)